U0831986

漫娱图书
SINCE BOOKS

奇　怪　系　列　衍　生

为什么，

外星人不与地球人来往

长江出版社
漫娱图书

目录

生活有玄机

奇思妙想家

目录

体检报告单

心理实验室

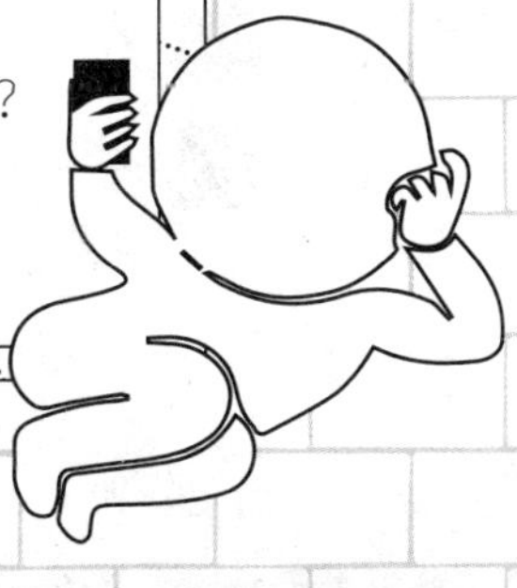

目录

深夜读鸡汤

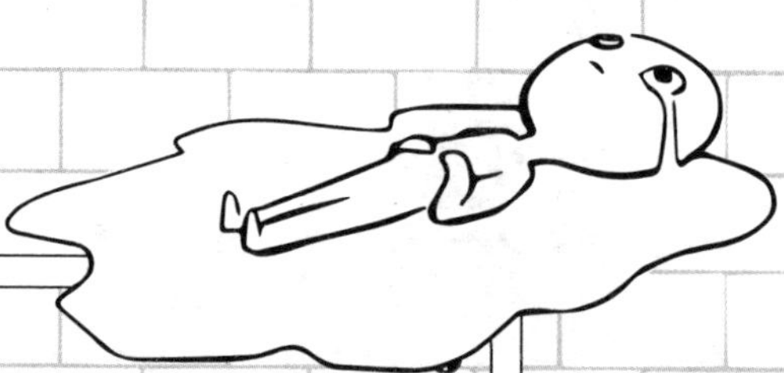

万物起源说

目录

自然备忘录

目录

文化大起底

科技博物馆

目录

食物有魔法

• WHY

生活有玄机

File Edit Image Layer Type

校服
朋友圈
bilibili
外星人
公交车
男生女生

Question

文 / 火柴人

为什么中国的校服都很丑？

“杨校长，这是今年新款校服的样式，请您过目。”戴着金丝框眼镜的女秘书小刘将手中的一份文件递到办公桌后的男人面前。

那个魁梧的男人抬起了头，双手接过文件，问道：“今年新款？”

“是的，有中山装、海魂服、JK 服，还有西装样式，种类很多，很好看的。”小刘讪笑着。

“有拉锁吗？”杨校长翻了翻，眉头拧了起来，声音也低沉了些。

“没……没有，” 小刘慌忙补充道，“不过这些设计款式都是某国外野鸡大学采用的，学生穿起来一定很精神，会广受好评的！”

“外国名校？”杨校长冷哼了一声，“回扣不少吧，小刘？”

小刘被揭了底，感觉脖颈后袭来一阵凉意，大气都不敢喘一下，低着头说道：“学生也都希望能穿好看一点的校服，为什么我们总要用那种老套的运动服？”

“你可知道为何我们中国的校服都是有拉锁的吗？”杨校长没有对下属的顶撞发火，反而沉下气来。

“不过就是让所有人都无法突出，体现统一性，忽略差别性，让学生在一个和谐的气氛中长大。可是，对美的追求是应当自小就培养的，我们国家的孩子每天那么多课业，还要在外表上吃苦，太可怜了。”小刘放开胆子提出自己的想法，心脏都快跳出来了，表面却装得很淡定。

“不是美丑的问题。”杨校长笑了起来，那张常年板着的脸上因为笑意增加了几条皱纹，反而看起来和蔼许多。

“年轻人，有些事儿不知道也是正常，”他站起身来，走到窗前，“你相信这世界上有龙吗？”

“什么？”小刘以为自己听错了，扶了扶眼镜，眼神中满是疑惑。

“中国人确实是龙的传人，有一部分的人会出现返祖现象，也就是说，他们的身体里流淌着龙的血。”杨校长说道，“接下来我要说的，都是真话，我没必要骗你。”

小刘即使有一肚子的疑问，还是保持了沉默，因为她知道校长这个时候不会喜欢有人打断自己的讲话。

“中国龙族的形象，便是宋人罗愿所注的‘角似鹿、头似驼、眼似兔、项似蛇、腹似蜃、鳞似鱼、爪似鹰、掌似虎、耳似牛’这样的形象。他们在少年时期都是人形，过着普通人的生活，也不知自己会幻化为龙。当遇到一些特定的刺激，激活了龙血，他们便会暴走，化龙升天。”

“你也许好奇，这和校服有什么关系。”杨校长喝了口茶，“我刚刚问过你，校服有没有拉锁，你还记得吧？”

“记得，我以为您是认为拉锁方便，所以才关注它。”小刘说道。

“方便，嗯，”杨校长沉吟片刻道，“对，也不对。”

“还请校长释疑。”小刘说道。

“所有校服的拉锁，在到学校仓库的时候，都会请道家大能来施咒，名曰困龙咒。施咒的目的便是防止具有返祖龙血的孩子暴走伤害他人，在龙血觉醒之际，施过咒的拉锁便会化为凡人不可视的金锁，困住孩子，阻止他们化龙升天。因为拉锁神似龙身，每次拉拉头的时候，都相当于在衣服上施了一遍咒术，这可以保证咒术持久有效。”杨校长看向小刘，“可能有些难以理解，你可以尽情提问。”

“如果孩子没有穿校服，那困龙咒有效吗？”

“自然无效，我们严格要求学生每天穿校服不是没有原因的。”

“如果孩子没有上学呢？”

“那些孩子会有专人负责。我们中国教育如此普及，也不是没有原因的。”

小刘深吸一口气，终于问出最想问的问题：“您为何告诉我这么多？”

“呵呵，小刘，你是这所学校毕业的吧？”杨校长笑着问道。

“我是08级毕业生，您还记得我？”小刘受宠若惊。

“怎么会不记得？你小时候那次险些化龙，困龙咒险些被破除，我们又给你套了三层校服，才按住你，”杨校长说道，“那次如果没有按住你，这学校，甚至整个H市都会化为人间地狱。”

“我？”小刘瞪圆了眼睛，不可思议地说道，“我从来没有这样的印象啊？”

“你初三的时候，被人告白，因为过于激动而晕过去了，之后一直被人嘲笑，你还记得吗？”杨校长问道。

“我……难道是，那次？”

“正是那次，”杨校长说，“事后我们对你使用了记忆篡改术，你才不知道那段经历。你的体内流淌着龙血，这是早已经登录在册的事情了，所以你早晚都要接受国家的召唤。今天，我只是告诉你你真实的身份，也许明天，你就要成为一名龙血特工。”

小刘震惊不已，久久不能平静。

“所以，你知道怎么向那家资助你的境外公司回复了吗？”杨校长说着，将另一份文件交给小刘，“这是我们要求你告诉他们的情报，你的身份天然就是他们的敌人，所以，你以后就是我们的卧底了，你懂吗？”

小刘脸色变幻，终于是红着脸，点了头。

“为了你们这些年轻的龙的传人。”杨校长对小刘敬礼。

“为了中国最老的龙的传人。”小刘对杨校长敬礼。

二人相视一笑。

Question

文 / 周小凡

为什么现在朋友圈越来越多的人选择“仅三天可见”？

“你的意思是，你的朋友，并不是你的朋友？”

“对，对。”女孩用力点头，脸上带着掩饰不住的惊恐和不安，“我，我和很多人说过了，可是他们都不相信我，还让我去看医生。”

驱魔人微微一笑，点头示意女孩安静，表情严肃地说：“你要做好一个心理准备。”

“什么？”

“你的朋友，可能已经不在了。”

驱魔人买完单，带着女孩坐上一辆黑色轿车。他开车前往市区西南，那是女孩朋友居住的地方，如果驱魔人没有猜错，它应该就在那里。

没错，不是“她”，而是“它”。

早在几天前，女孩通过网络找到了驱魔人，她说自己十多年的好友，忽然变得行为怪异。好友原本是个离经叛道的姑娘，却忽然变成了乖乖女，在家人的安排下开始相亲，每天待在家里足不出户。女孩找过朋友几次，可是言谈之中，总觉得朋友像变了个人，有次她背对朋友的时候，竟然透过镜子看到，朋友脸上露出了诡异的笑容。

她觉得害怕，朋友这是怎么了？中邪了还是得病了？

可是除了她之外，没有人相信朋友出了问题。朋友的家人都觉得，朋友这样子挺好，难道做一个听话的好姑娘不好吗？甚至连朋友的男友也觉得，朋友不再任性，什么事情都随着他，这样多好啊。

只有女孩心里清楚，朋友早已不再是朋友了。她在论坛发帖求助，终于有人回复，并且给了她驱魔人的联系方式。

“是仿生妖。”驱魔人告诉女孩。

“什，什么？”

“一种妖魔，没有固定的形体，可以变成任何人的样子。”驱魔人叹了口气，“这是所有妖魔之中，数量最多，对人类世界危害最大的一种。”

看女孩脸色茫然，驱魔人仔细地解释道：“在人类世界里，生活着许多妖魔，比如众所周知的狼人、吸血鬼，也有我们并不知晓的仿生妖。我们驱魔人的责任，就是消灭可能危害人类的妖魔，保护人们的安全。”

女孩点点头。

驱魔人说：“仿生妖，驱魔手册上的S级别妖魔。战斗力为零，但能力是幻化成人形，模仿人类的行为举止。”

“可是再怎么模仿，也不可能一样吧？”

“这就是问题所在了。”驱魔人的脸色不太好看，“本来，仿生妖的威胁度并不是很高，因为它们虽然能变成人类，但如果不熟悉人的生活习惯，实际上是很难以假乱真的。然而在互联网诞生后，一切都不一样了。”

“互联网？”

“互联网带来了很多新东西，尤其是社交软件，你有朋友圈吗？”

女孩点点头。

“很多人在朋友圈，还有类似的社交软件上面，发布自己的各种照片视频，还有心情状态等等，其实人们不知道，在仿生妖的眼中，这就是它们提升模仿相似度最好的素材。越是喜欢发朋友圈的人，暴露的信息往往就越多。”

女孩惊讶万分：“居然有这种事。”

“这些仿生妖，一般伪装成微商，添加各式各样的人为好友。它们每天都在观察朋友圈，因为朋友圈往往是最私密的地方。它们会盯上几个最常发朋友圈的人，把他们过去发过的朋友圈都看一遍，等到时机成熟就会出手。”

女孩脸色发白：“出手？”

“是的，找机会吞噬那个人的身体，然后变成他的样子，替代他生活下去。为了伪装自己，获取别人的信任，仿生妖最初往往表现得特别乖巧，让最亲近的人卸下防备，时间久了，自然就完美替代了那个人。”

“那我的朋友也……”

“是啊，她应该已经死了。”驱魔人又叹了口气，“驱魔人总部和网络公司进行了沟通，所以朋友圈增加了仅三天可见的功能，用来防范仿生妖。我们也呼吁所有人，把自己的朋友圈都设成三天可见，因为仿生妖无处不在，你曾经熟识的人，也有可能被仿生妖替代。改成三天可见，仿生妖就不能偷窥你的信息，模仿你的样子。随着我们的宣传，知晓仿生妖存在的人逐渐增多，开启朋友圈三天可见的人，也越来越多了。”

说完这些，车子已经开到了女孩朋友家的楼下，驱魔人拿起工具，正准备下车。

女孩忽然说：“算了吧。”

“什么？”

女孩紧紧抿着嘴唇：“反正，我的朋友也不在了，既然如此，就让仿生妖代替她活着吧。至少她的家人不会难过。”

驱魔人思考许久，终于缓缓点了点头：“好吧，我明白你的意思。不过为了避免这只仿生妖再害人，你找机会把它约出来，我要给它装上追踪装置。”

女孩点点头，打开车门下了车。

“对了。”驱魔人提醒道，“为了自己的安全，立刻把朋友圈设置成三天可见。我可不想下一次见到你时，看到的是一只仿生妖，明白吗？”

Question

文 / 周小凡

为什么 bilibili 开机画面要干杯？

几百年前，这世上忽然出现了妖魔。妖魔究竟从何而来，已经无从考证，只是民间曾有传说，说是有人见到天外流星落入旷野，地上出现一个大洞，然后有通体墨绿色的人形，从洞中爬了出来。

这些妖魔并无呼风唤雨吸食人血的本事，只是能够化作人形，使用人的语言，完美地生活在人类世界里。妖魔们的智力远超常人，不少妖魔混入人间之后，轻易就能获取到权力和财富，甚至有一些妖魔身居高位，它们的一些行为，可以直接影响到地球上某些大国的运势。

妖魔们究竟要做什么？没人知道。但是妖魔降临的那些年里，很多国家战事不断，许多无辜的人在战乱中死去。

好在终于有人发现了妖魔的存在。那人是个江湖游侠，为了给被害死的家人报仇，亲手杀死了当地的贪官。那贪官死去的时候，人形渐渐消失，身体化为墨绿色的原形。游侠惊讶至极，质问那妖魔究竟意欲何为，妖魔大概是狂妄自大，彻底消散之前告诉游侠，人间还有许多自己的同类，迟早有一天，人类会被它们控制在掌心之中。

游侠得知此事惊讶万分。他本以为这些年天下大乱民不聊生，只是因为朝廷不作为，没想到竟然是有妖魔混入人间，偷偷地祸害这世道。游侠自从家破人亡后，四处游历，结识了不少江湖好友，是个有侠义之心的好男儿，于是他下定决心，要除尽人间妖魔。

他把此事告诉了至交好友，好友难以置信，却因为信得过他的人品，所以答应助他一臂之力。他招揽了一帮江湖好汉，又刺杀了一位恶名昭彰的贪官，那贪官死前现出原形，众人才终于明白，游侠所说的事情果然是真的。

眼看游侠的组织越来越大，妖魔们也开始警觉起来。妖魔们有不少身居高位，它们立刻找了个由头，派兵剿灭游侠的组织。

这一次的围剿，让游侠的组织损失惨重。经此一役，游侠明白了，妖魔们的权势过于强大，和它们硬碰硬终究是死路一条。于是从那之后，游侠的组织慢慢转入了地下，他们一边开展情报工作，一边寻找有可能是妖魔化身的人，找机会刺杀它们。

妖魔和人类的外形一模一样，究竟如何分辨妖魔与人类呢？

游侠和他的同伴们与妖魔对战多年，期间也杀死了不少并非妖魔的恶人，终于发现了妖魔的弱点：虽然妖魔能化作人形，外形上与普通人毫无区别，但不知道为什么，妖魔不能沾染人间的酒水。

妖魔不能喝酒，只要喝一点酒就会丧失神智，半个时辰之内还会现出原形。具体的原因不清楚，大概是酒精能刺激到妖魔的神经，让他们暂时丧失意识，失去保持人形的能力。

既然知道了弱点，自然也就有了办法。从那之后，凡是组织里的人出门，身上都会带着个酒壶，壶里装满最烈的酒水，若是遇见了疑似妖魔的人，就想办法给它灌下酒水，如果妖魔现出真身，就果断地将它斩杀。

一开始，妖魔们受到了沉重的打击，但他们也不是吃素的，很快地发起了反击。有妖魔潜伏进入组织内部窃取情报，策划了一次针对组织领导人的大规模清剿行动，在这一次清剿之后，组织损失惨重。

剩下的成员痛定思痛，从此以后出门除了酒壶，还要带上一只酒杯。当组织内部的人见了面，就以干杯为暗号，喝下对方酒壶里的酒水，证明自己不是妖魔。

慢慢地，这个组织的名字也变成了“干杯会”。

干杯会和妖魔们斗了许多年，杀死了大部分身居高位的妖魔，世界终于慢慢走向和平。干杯会的人们却不敢掉以轻心，他们将妖魔的故事记载下来，代代相传。

到了近代，干杯会的后人们发现，妖魔隐约又有抬头的迹象，地球上发生的一些事情，比如恐怖主义和金融危机，似乎都和妖魔有些关系。为了重新召集干杯会的成员们，一位干杯会的后人，以干杯为信号，创办了一个网站。他希望重新将干杯会的后人们聚集起来，一起抵抗妖魔的入侵。

这个网站就是bilibili。

Question

文 / 周小凡

为什么公交车可以超载？

180 年前，变形金刚们来到了地球。

变形金刚的星球上，发生了极为惨烈的战争。一个偶然变异的个体，获得了能够吸收其他变形金刚的火种来强化自身的能力。它吸收了数不清的无辜同类的火种，又笼络了一大批愿意为他效忠的爪牙，自称为变异金刚，为控制整个星球发动了战争。

原本安居乐业的变形金刚们，被迫上了战场。这场战争一直持续了十三个地球年，由于敌人的战斗力太强，对方 BOSS 更是有着近乎无敌的能力，变形金刚们几乎掏空了所有的力量，却无法力挽狂澜。它们意识到战争即将失败，只好选择逃亡，逃离自己的故乡，到宇宙中寻找另一颗星球蛰伏下来，等有一天再回来打倒变异金刚。

终于，流浪在星际之间的游荡者们，无意间来到了太阳系，发现了地球。那时是十九世纪初，它们发现这颗星球已经发展出了较为先进的文明。变形金刚们觉得，只要能够和地球上的物种和睦相处，这里就是个适合生存的好地方。

于是变形金刚们派出了代表，率先来到地球上。

人类的领袖对外星文明的到来表示欢迎，毕竟这是人类历史上第一次和外星文明进行接触。变形金刚的代表，毫无保留地将自己星球的状况全部告诉了人类，并且直言不讳地提出，它们希望留在地球上，借助地球的资源繁衍后代，为回到母星积蓄力量。而作为回报，它们会将自己星球的一部分科学技术教给人类，以此促进人类的科技发展。

这听起来是个很不错的条件，于是人类领袖同意了。

人类为变形金刚开辟了一处世外桃源，并且提供大量的金属资源给他们，变形金刚给人类提供科技，双方和睦相处，从未起过冲突。

然而很快，变异金刚派出的搜查队，也来到了太阳系附近。

变异金刚很清楚，这些逃走的变形金刚很可能就会成为阻碍他的全新力量。可是母星刚刚占领，还需要一段时间来稳固，他能够动用的力量很少。茫茫星海之中，找到逃走的变形金刚谈何容易。他造出了许多能够感应到变形金刚气息的小型侦察机，在宇宙中各处搜寻他们的下落。

变形金刚们也得到了这个消息，它们很清楚，一旦自己的位置暴露，变异金刚很快就会赶到，到时候不光是自己，就连人类也会被连累，这颗星球将会成为一片焦土。

变形金刚和人类进行了紧急协商。根据母星残存势力传回的情报，它们进行了研究，发现这种侦察机其实很容易被干扰，除变形金刚之外的其他物种，能够散射出干扰侦察机的波动，而人类身上的干扰波最强。只要变形金刚每天和大量不同的人接触，就会沾上大量的干扰波，让侦察机无法发现它们的存在。

当时一位人类研究员提出了设想："为什么不让变形金刚变成交通工具呢？"

双方都觉得这个提议不错。因为随着时间的发展，变形金刚的数量越来越多，所需要的土地资源也更多。变成交通工具既能躲避敌人，也能让变形金刚以隐秘的方式融入人类社会。

考虑到变形金刚各个力大无穷，而城市交通又不发达，在和变形金刚们沟通之后，一种名叫公共汽车的交通工具，就此诞生了。

它们行驶在城市的大街小巷，每天和无数不同的人进行接触，而且最重要的是，它们任劳任怨，还从来不怕超载！因为它们是变形金刚啊，力大无穷，别说身体里多站一些人，来一头大象都没关系！

在变形金刚提供的科技的帮助下，此后的一百多年里，人类的科技发展速度越来越快。而公交车的数量，也随着变形金刚人口的增长，变得越来越多。到了现代，几乎每一个国家都有了公交车，而人们不知道的是，其实每一辆公交车，都是一个变形金刚变化而成的。

也许在未来的某一天，它们的数量足够多的时候，你能看到一幅壮观的场景——数不清的变形金刚变成人形，向着地球挥一挥手，飞入无尽的星空中，朝着它们的母星飞去。

那又会是一场极为惨烈的战争。

Question 文 / 周小凡

外星人为什么不愿意和地球人直接来往?

“这个星系有外星文明!”

探索飞船慢慢地靠近了这个星系的第三颗行星，那是一颗蔚蓝的行星，显然星球上有水源。阿尔法打开感应器，屏幕上立刻出现了光斑，这是有文明活动的迹象。

贝塔凑了过来，触角激动地抖了一下:“太棒了，我们这一次总算是有收获了。”

“是啊，同事们都有了成果，只有我们的进度最慢，探索了这么久，还是第一次发现外星文明，我已经迫不及待要和它们接触了。”

“等一等。”贝塔年龄大一些，经验也更加丰富，“不能急着和它们接触，我们需要先了解一下，这是一个怎样的文明。”

阿尔法晃了晃触角，表示赞同贝塔的想法。贝塔在飞船里操作了半天，几十个探测器飞出船舱，向着地球飞去。经过一段时间的侦查，他们大概了解到，这个星球叫作地球，地球上拥有文明的种族叫作人类，他们的形体巨大，比阿尔法他们要大许多。人类在地球上到处建立城市。地球上有许多国家，每个国家都有不同的文化。

他们为自己的发现激动不已。人类，多么有趣的种族啊!

阿尔法和贝塔来自数千光年外的因赛特星球。因赛特星人体型很小却智慧超群，他们的科技水平极为发达，早早地加入了星际探索的行列。因赛特星人爱好和平，更爱好和不同文明打交道、交朋友。他们有几万个在外太空遨游的探索船，用来探索新的外星文明。宇宙中其他文明都称他们为“星际探索家”。

阿尔法和贝塔都是探索员。他们怀揣着巨大的热情成为探索员，可是在漫长枯燥的宇宙探索中，始终没有任何发现，偶尔遇到过几次有生命的星球，却发现距离诞生出文明还早得很。就在他们几乎绝望的时候，终于在太阳系发现了地球。

初步探索结束，阿尔法乘坐飞行器，突破大气层进入地球，而贝塔留在飞船上，为阿尔法的接触行动做指引。虽然欣喜若狂，但阿尔法知道，在初次接触其他文明时还是要小心谨慎，遵守宇宙守则。

阿尔法的隐形飞行器降落在中国的中部。他们经过探索发现，中国是地球上最古老的国度之一，这里文化悠久人口繁多，是最适合进行初步接触的地方。

这是一座中部小城，阿尔法降落的时间正是清晨，人们忙碌地在街上行走，满大街散发着早饭的香气。阿尔法走出飞行器，深呼吸了一口，这里的空气成分和家乡很像，只是多了一些粗重的气味，这是文明初期工业化的味道，阿尔法很喜欢。

阿尔法让飞行器进入隐蔽模式，避免被人类发现，然后他利落地顺着一栋高楼的墙往上爬。他们的种族小巧灵活，背后的双翅可以短距离飞行，攀爬墙壁如履平地，触角可以敏锐地感知危险。阿尔法爬到一栋高层建筑的十四层，这里住着一户人家，小女孩刚刚八岁，已经到了可以与人沟通的年龄阶段。

这是阿尔法降落前就探测好的，他觉得第一次和人类接触，选择未成熟的个体更加安全。而且孩子们想象力丰富，更容易接受自己。他爬到窗户边，用切割器把纱窗切开个小洞，爬了进去。

这个时候，小女孩正坐在餐桌前吃早饭，早饭是稀饭、包子和煎蛋，她吃得正香甜。这时忽然有个尖尖细细的声音传进她的耳朵。

“你好。”

小女孩四处看了看，并没有看到有人在说话。

“你好，我来自因赛特星。”阿尔法用刚学会的中文说，“地球人，你好。”

小女孩找了一圈，还是没发现声音的来源。阿尔法只好又爬了一段距离，站到小女孩面前的餐盘上，放大了声音说：“你好，人类小女孩，我是来自外星的使者，我们交个朋友好吗？”

小女孩看着阿尔法，瞳孔忽然放大，发出撕心裂肺的尖叫：“妈妈！有蟑螂！”

小女孩的母亲从厨房冲了出来，看见一只黑不溜秋的虫子在女儿的餐盘上，居然以奇怪的姿势立了起来，她来不及多想，脱下拖鞋对着阿尔法狠狠地砸了过去。

“啪。”

在飞船上目睹了阿尔法身亡过程的贝塔悲痛欲绝，他简直不敢相信，人类居然是这样残暴的生物，竟然毫无理由地攻击外星使者。他立刻开动飞船，离开了太阳系。他编发了一条信息，传达给其他探索船和外星文明，告诉他们人类是一个残忍且未开化的种族，千万不要尝试和人类进行接触。

其实阿尔法和贝塔都忘记了一件事。大概是他和贝塔太过心急，没对地球的物种做全部了解，就匆忙和人类进行了接触。在探索者法则中，这是最大的禁忌。

所以直到阿尔法的尸体被丢进垃圾堆,他也没弄明白“蟑螂”究竟是个什么东西。

Question

文 / 火柴人

为什么女生越来越帅，男生越来越娘？

2100年，战争已经离人类极为遥远了。

然而，世界人口却越来越少。

纽约街头，身着连衣裙的漂亮姑娘也许是个男人。

北京三环上，一个穿着皮夹克的光头空中出租车司机有可能是个女孩，而且她的车技很有可能是顶尖的。

联合国大会正在上海召开，全人类正在就消除国家界限进行最后的投票，其中女性领导人占了七成以上。

“我们的计划很成功。”距离地球一光年的某行星上，一个纯白色球形毛绒生物阿尔法笑得很开心，“人类社会迅速发展，具有强健体魄的雄性个体在感性而又细致的雌性个体面前落了下风，男人成为生育工具。而没有男性冲动的领地意识，地球将会成为一盘散沙，这是我们进攻的最佳时机。”

“你确定我们可以成功吗？”阿尔法对面的棕色毛绒生物贝塔皱起了眉头，“要知道他们手中还有大量足以摧毁我们的武器。”

“地球的攻击性降低，这只是其一，”阿尔法说道，“关键在于，我们的样貌如此可爱，女人一定无法抗拒，于是我们就会成为居家必备的宠物，让人类欲罢不能，这样我们就可以不费一兵一卒，让我们的子孙遍及地球，就像他们的宠物狗一样。”

“什么？宠物？你让高贵的我们，成为人类的宠物？”贝塔瞪大了可爱的双眼，不可置信地看着对方。

“你知道吗，这叫作小麦计划。”阿尔法得意地说道。

“小麦计划？”贝塔疑惑。

“有一本书，名字叫《人类简史》，它的作者认为，小麦是人类的主人，人类被小麦驯化。在漫长的进化过程中，小麦因为有了人类而得以代代繁衍，人类给它们最好的土壤，为它们施肥，甚至会替小麦选择优质的基因，这让小麦从植物中脱颖而出。所以，人类辛辛苦苦地劳作，最终都是为小麦服务，这个逻辑您不觉得非常伟大吗？”阿尔法说。

“所以，你要我们乘坐飞船去地球，做他们的宠物？”贝塔依然有些难以接受。

“我们不会生产邪恶的武器，所以我们即使发现了地球也无法打败他们，如今我们星球的资源枯竭，只有去寻找人类，我们的基因才能传承下去，这不是尊严的问题，”阿尔法严肃起来，“这是种族存亡的问题，贝塔先生！”

思虑良久，贝塔终于点了点他绒绒的头：“您说的对，我们已经到了生死存亡之际，不应在意那些琐事。您才是高瞻远瞩之人。”

一年后，绒毛外星人，终于通过虫洞抵达了地球。

但是他们忽略了一个基本事实，那就是他们的肉很香。

幻想成为人类主人的绒毛外星人，并没有成为居家必备的小宠物，却成为居家必备的餐桌佳品。

不过，好事是，他们的基因也最终得到了延续。

• WHY

奇思妙想家

File Edit Image Layer Type

妖怪
小猪佩奇
葫芦娃
孙悟空
王子

Question

文 / 周小凡

巫师为什么要骑扫把不骑板凳？

蜀山剑派居然来了个异邦人，这让所有弟子都惊呆了。

不到三日功夫，弟子之间就传遍了，说是几年前掌门御剑飞行去西方游历，无意之间救了个金发碧眼的异邦人。没想到他竟然不远万里来到中原，不知道吃了多少苦头，才找到这里，说想拜师学艺，和掌门学御剑飞仙之道。

这不是开玩笑吗？我堂堂中原的修仙之道，怎么能让一个异邦人学去？

没但想到掌门竟然同意了。这一代的掌门，性格放浪不羁，喜爱四处游历，从不将世俗规矩放在心上。异邦人花了几年时间，终于来到蜀山剑派，又在入口前跪了三日三夜，直到昏厥过去。掌门被他的精神所感动，又觉得连异邦人都对蜀山剑派如此推崇，自己若是收了他，岂不是师门前所未有的创举？

于是异邦人就成了蜀山剑派的弟子。

师门一片哗然。俗话说得好，非我族类，其心必异，若是这异邦人学成归去，将其带回老家传开来，恐怕会成为中原的隐患。

好在掌门虽然收了徒弟，却从不教徒弟们武功。收下异邦人的第二天，掌门就把传授功夫的重任交给大师兄，然后御剑飞行去了南方，说是要寻找传说中的海外仙岛。

大师兄先是愣了一会，心想：师父让我教这个异邦人？

他左右为难。教吧，肯定会被其他师弟师妹们背后议论；不教吧，那就是有违师命，那可是天大的罪责。大师兄正苦恼着，不知道该如何是好，有个和他关系亲近的小师妹，给他出了个主意。

“要我说啊，你就教。”小师妹说，“你也别用心教，就教些入门的东西。师父得有许久才能回来，你就趁着师父回来之前，想法子让他犯错，再用你大师兄的身份把他逐出师门，有师兄弟们给你做证，师父回来也不好说什么。”

大师兄茅塞顿开，眼睛放光。

任何弟子入门，首先要学的就是御剑飞行。大师兄把那异邦人叫来，也不管他是否记得住，就把心法说了一遍，让他自己记住，回去修炼。异邦人记性倒也不错，一遍就把心法记了个八九不离十。大师兄看他这样，就摆摆手说："嗯，心法你都记住了，自己回去练吧。"

异邦人一脸茫然："大师兄，我用什么工具练啊？"

大师兄一愣。

按理说，弟子入门之后，都由铸剑庐的师傅，亲自为弟子打造一把称手的武器。可这位师傅世俗观念极重，坚决不为异邦人铸剑，而且称病休养，闭门不出。所以直到现在，异邦人连个像样的武器都没。

大师兄想了想，也想不出办法来，就说："你回去随便找个什么东西练就是了。"

异邦人本想去找把剑，可是其他人像是都商量好似的，偌大的蜀山剑派，竟连一把闲置的剑也找不到。他只好回到住处，正愁眉苦脸之际，忽然看到了放在门后的扫帚。

他眼前一亮。

异邦人靠着毅力，硬生生练了半个月，竟然真的练会了飞行。只不过不是御剑，而是用扫帚。但他记下的飞行心法不全，所以不能踩在扫帚上飞，只能坐着。每次上天的时候，师兄师姐们都嘲笑他，他也不以为意。

又过去了两年，大师兄要么推脱他的飞行不够熟练，要么故意背错心法口诀，这异邦人在飞行术之后，竟然什么也没学会。他此刻也明白了，师兄师姐们都在故意排挤自己，也不知道师父何时能回来。他终于心灰意冷，在一个雾气蒙蒙的清晨，坐着扫帚离开了蜀山。

异邦人回到西方之后，将扫帚飞行的方法传给了一位女巫，百年时光一晃而过，西方的巫师们将扫帚当作专用的飞行道具。可是谁能想到，这扫帚飞行的秘诀，竟然来自中原的蜀山剑派呢？

Question

文 / 周小凡

孙悟空为什么不用剑？

在西游之后，孙悟空成了斗战胜佛，终日无所事事。有一天观音菩萨找到他，说是要和他聊聊人生、谈谈理想，一开口就说了整整半天。

起初孙悟空还敷衍，毕竟成了佛，耐性比过去总要好些。但菩萨这么滔滔不绝地说下去，他实在是受不了，于是他终于开口说："菩萨，你有什么话就直说，别拐弯抹角的。"

毕竟有一双火眼金睛，他哪能看不出观音的这点心思。

菩萨嘿嘿一笑，指了指他的耳朵。

孙悟空挠挠耳朵："我这耳朵怎么了？"

菩萨说："你看，你耳朵里那根棒子吧，是人家龙王的定海神针，那可是大禹治水留下来的古董，结果给你弄去了。因为这事儿，龙王上天庭说了好多回了，也送了不少礼。你说现在吧，真经也取到了，你也成佛了，这根棒子是不是……"

孙悟空恍然大悟："你想让我把金箍棒还回去？"

"也不能说还，这是古董嘛，当然要上交天庭。天庭准备弄个文物院，到时候金箍棒放在最显眼的地方，旁边配上你的照片。"菩萨小心翼翼地打量着孙悟空的脸色，"至于兵器嘛，玉帝说了，只要他能弄到的，随便你挑。"

孙悟空把金箍棒掏出来，放在菩萨掌心，说："行，拿去吧。"

菩萨整个人都傻了。这么痛快就把棒子还了，这还是孙悟空吗？

其实孙猴子近来有个烦恼。他看了不少关于自己的同人小说、影视游戏，觉得自己的形象还算不错，不过自己的武器么……要么跟荤段子联系在一块儿，要么被人用来嘲讽某个狂妄自大的东亚小国。

更有人留言说：孙悟空的武器太土了！

土？孙悟空先是火冒三丈，然后仔细想想……好像是有那么点土。

现在已经成了佛，三界到处一片和平，兵器有什么用？不就是拿来摆个台面。

你看人家二郎神，换了把深海蓝晶石造的大镰刀，走到哪儿都发着蓝光，夏天还能用来消暑，起名叫什么“贪晚蓝月”，听起来就不一样嘛。

于是孙悟空说：“俺老孙要换个兵器。”

齐天大圣要换兵器，这事立刻传遍了三界，转眼就有不少人来巴结。开玩笑，大闹天宫的齐天大圣，现在还封了斗战胜佛，那是什么地位?

最先来的竟然是猪八戒，他给孙悟空带来了一条皮鞭。

“师兄，这是黑龙皮做的鞭子。”

孙悟空皱眉头：“鞭子？”

猪八戒眼睛里闪着狡黠的光：“是啊。你这豹纹紧身裙，配上小皮鞭，这搭配在人间可流行了！”

“滚！”孙悟空一脚踹过去，猪八戒直接从天上落到了人界的猪圈里。

第二个来的竟然是唐僧。孙悟空天不怕地不怕，看到这个师父，心里还是有些发怵。谁知道唐僧笑吟吟地走过来，从袖子里掏出个金光闪闪的紧箍，孙悟空吓得尾巴都硬了。

孙悟空小心翼翼地问：“师父，这东西我不是早就摘下来了。”

唐僧点头：“是啊，为师一直留在身边，当作西行取经的纪念。听闻你要换武器，不使棒子了？你瞧，为师把这紧箍改了改，加了几道符咒，现在可以当回旋镖用，平时不用的时候呢，你就戴在头上，是不是很方便？”

孙悟空苦着脸劝了好半天，说这紧箍戴头上影响美观，又说自己现在是斗战胜佛不要面子的啊，还说习惯了用重些的武器，好说歹说总算是把唐僧劝走了。

后来又来了不少神仙，什么激光剑冲锋枪火箭炮钢铁侠战衣，反正没一件孙悟空看得上眼的。说到底使棒子使习惯了，还是想用冷兵器，最好看起来酷一些，足够齐天大圣加斗战胜佛的排场。

这时候小白龙来了，拿着一把沉甸甸的宝剑，孙悟空一瞧，火眼金睛顿时一亮：这宝剑不错啊，剑身锋锐而不失霸道，宝剑周身环绕着彩虹般的七色光芒，最重要的是，这把宝剑和金箍棒一样能大能小，握在手里的重量正好合适。小白龙说，这把剑叫作白虹剑，是他费了老大工夫请人做的。

孙悟空喜不自胜，夸奖了一番小白龙，然后把白虹剑变小，准备塞进耳朵里去。

唔……这只耳朵，好像有些不太对劲?

小白龙赶紧解释：“大师兄，白虹剑的气息太强所以外露，如果塞在耳朵里面，怕是会影响听觉。”

孙悟空皱眉：“那我该怎么办呢？”

小白龙想了想：“要不你吞进肚子里好了，反正你的胃也是钢筋铁骨，要用的时候，真气一顶，吐出来就好了。”

孙悟空试了一下，把白虹剑变小一些，吞进肚子再吐出来，倒也一气呵成，挺熟练的。于是又夸了小白龙几句，喜滋滋地拿着白虹剑，到各处显摆去了。

孙悟空在天界各处晃了一圈，拿着白虹剑到处比画，见到的神仙无一不是赞叹不已。孙悟空也得意，本来就是个猴子嘛，心性到底还是贪玩，看到别人羡慕的神色，孙悟空也觉得有面子。

到处显摆了几天，孙悟空忽然觉得有些不对劲。

不知道为什么，不管他走到哪儿，跟哪一帮神仙炫耀，最后对方总是要问一句：“大圣，听说你这剑是放在肚子里的？”然后就要孙悟空现场演示一番，等到孙悟空吞了剑再吐出来，神仙们总是鼓掌大笑然后散去，弄得孙悟空摸不着头脑。

于是孙悟空生了疑，跟一个神仙显摆过白虹剑之后，变做一只天界凤鸟，偷偷跟在他们后面，看它们到底说什么。

跟了许久，只听一个神仙说：“这小白龙倒还真有些本事。”

另一个神仙笑着说：“是啊，他和太上老君打赌，说能让那猴子表演杂耍吞剑的把式，想不到那猴子这么蠢，竟然真的上了当。”

孙悟空勃然大怒，现身将几个神仙暴揍一顿，又冲到大雷音寺前，将正在打盹的小白龙从柱子上拽下来，将其龙身打了一个麻花结，扔到了东海里面，最后他掏出白虹剑，恨恨地掰成两段。

从此以后，孙悟空发誓绝不再用剑。

Question

文 / 周小凡

人和妖为什么不能相恋？

仙界有仙名为玉蟾真人，其本体是西北大雪山上的一只雪蟾蜍，机缘巧合之下他跌入冰冻湖，吃了一颗万年的极品雪莲，于是能够化作人形，继而窥得天机，修炼成仙。

玉蟾真人在仙界待了百年，觉得仙界也没啥意思。虽然说仙界风景优美、空气清新，在这里也不用担心生老病死什么的，不过平时的生活除了修炼，无非就是和其他仙人一起扯淡。修仙嘛，讲究的是个无欲无求，没什么娱乐项目，更不敢搞对象谈恋爱啥的，就连吃喝，也都是些健康食品，吃到嘴里没什么味道。这种日子过了一百年，想到还得千年万年地过下去，谁受得了？

于是玉蟾真人动了凡心。仙界有凡心的仙人极多，大多有这个心没这个胆，毕竟偷偷下凡会受到极重的惩罚，轻则被除去仙籍投胎做人；重则陷入轮回，经历九十九世，变成猪马牛羊，受人奴役。但偷偷下凡的倒也不少，毕竟仙界太没意思了，长生不老又怎么样？

仙人们私下里交流的时候，总会说起人间的好处来。说起人间的俊男美女，各自有各自的风情；说起人间的垃圾食品，虽不能增寿却比仙界的食物好吃几万倍；说起人间的景色，虽不如仙界这么美，却有千百种变化；说起人间的生活，苦乐参半五味俱全，但这才有意思啊。

仙界悄悄流传着一句话：你是要做一百年的凡人，还是要做几万年的懦夫？

被洗脑的玉蟾真人终于决定偷偷下凡。

他挑在王母娘娘的蟠桃大会那天下凡，那时仙界之门守备最为宽松，玉蟾真人使了个障眼法，骗过门外两个昏昏欲睡的守卫，偷偷来到凡间。

玉蟾真人以白衣书生的模样降落到凡间，这是人间最繁华的一座城市，时间正是清晨时分，玉蟾真人双脚刚刚着地，就闻到了一股比起仙界的美酒还要香甜的味道。

他听见有人喊："油条一文钱一根！"

玉蟾真人变出铜钱，屁颠屁颠地跑到油条摊子前，一口气买了十根，也顾不得烫手，张嘴就咬了下去。

香！

他从没吃过这么香的东西，一股浓烈的炽热的暖流，混合着食物一起滑过食道，那暖暖的香香的感觉，一直蔓延到五脏六腑里。他没吃过王母娘娘的蟠桃——所谓天下仙界第一的美食，不过此刻他觉得，比起这种叫作油条的美食，蟠桃怕是也不过如此。

他觉得后悔。早知道人间这么好，当初为何非要修炼成仙呢？在人间当个小妖，不也挺好的？

玉蟾真人在人间吃吃喝喝玩玩转转，三天把这座城市上下吃了个遍。此刻他吃完一盅佛跳墙，正在河畔散步的时候，瞧见了一名女子。

他来人间几天，见过的美女倒也不少，怎么看还是比不上仙界超凡脱俗的仙女。但这个女子不同，她身上有种和仙女完全相反的媚，那是另一个极端的美，一颦一笑都媚到了骨子里，举手投足都带着种摄人心魄的感觉。那女子瞧见了他，对着失魂落魄的他一笑，就转身扭着腰走了。

玉蟾真人四处打听，终于知道那女子名叫玉清，是群玉楼新来的异国女子。多美的名字，和自己简直是天造地设的一对。至于她的青楼女子身份，玉蟾真人并不在乎，自己是神仙，还在乎人间的这些小事吗？

玉蟾真人来到群玉楼，点名要玉清相陪。他本来外貌俊秀，花钱又大方，老鸨自然是拿他当座上宾。他和玉清相处，无非就是饮酒吟诗，玉清不太爱说话，只是偶尔"嗯啊"一两声，他也极为喜爱，从不对玉清做非分之举。

这么过了一个月，玉蟾真人花了重金为玉清赎身。他在城西买了一座宅子，雇了一些仆人。他早想好了，要把玉清娶回去，从此在人间幸福快乐地生活。仙界能长生不老又如何？哪里比得上人间的娇妻美眷？

新婚当夜，两人入房，玉清含羞带臊，看玉蟾真人看着自己发呆，玉清笑了："相公，你傻愣着干什么呀？"

玉蟾真人说："你，你怎么不是女子？"

玉清捂着嘴笑："不是早跟你说过了嘛，人家是人妖呀。"

早在玉蟾真人第一次来的时候，老鸨就告诉了他，玉清是从异国来的人妖，专门供给那些有特殊癖好的公子哥儿。玉蟾真人被皮囊蒙蔽了眼睛，压根没注意这个，他以为人妖无非就是妖怪，自己曾经也是妖怪，有什么要紧嘛。

可他没想到，人妖竟然是这么个意思。

那一夜，大受刺激的玉蟾真人，冲破屋顶飞上了天空。情绪失控的他，法力也失去了控制，引来了无数雷云，终于天降暴雨，这座人间最繁华的城市，一夜间被冲得七零八落。

这场祸事引来了仙界的关注，他们抓回了偷偷下凡的玉蟾真人，在仙界的轮回台上仔细问罪。可是玉蟾真人已经失了神志，只是喃喃自语道："人妖，她竟然是个人妖，好可怕的人妖……"

终于，玉蟾真人被打入凡间，生生世世轮回为狗。而仙界更是传开了，玉蟾真人是被所谓的"人妖"蛊惑心智，才变成了这个样子。什么是人妖呢？顾名思义，肯定是人和妖生下的后代嘛。想不到"人妖"的法力如此高强，连仙人的神智都能蛊惑，如此发展下去，人间岂不是要祸事连连？

从此以后，仙界便有了条不成文的规定：人和妖不能相恋。

Question

文 / 火柴人

童话里王子为什么骑白马？

哥本哈根，深夜十二点的钟声敲响，行人寥寥，偶尔经过的马车都无法惊动路旁啃噬着什么而发出“喀喀”细响的老鼠。

路灯上的猫头鹰正全神贯注地盯着脚下的硕鼠，似乎下一刻便要飞扑而上，捕获那只暴食的贪婪鬼。

然而，它那双锐利的眼睛突然转向了钟楼。

钟楼的顶端，月亮正圆，伴随着钟声，一个人影倏然飘落，身后的披风仿佛蝙蝠的双翼陡然展开，托着那人滑翔起来。

猫头鹰漆黑的瞳孔收缩起来，而后扑棱翅膀飞入夜空，消失在错综的楼影之中。

油灯下，面容消瘦的安徒生正握紧手中的羽毛笔，飞快地写着什么。

灯光照不到的黑暗角落，一个低沉而阴冷的声音响起：“安徒生先生。”

一个面色苍白，瞳孔赤红，裹在黑色披风中的男子走了出来。

安徒生手中的笔一僵，转过身来。

“您是？”

“我是德古拉，有些好事者叫我‘穿刺者’。”

“穿刺者”德古拉，那是三个世纪之前的残忍恶魔，据说他手上的亡魂与饮过的鲜血足以填满地狱的四分之一。

安徒生听到这个名字，冷汗从脊背滑落，面容依然强作镇定：“请问您有何贵干？”

“您是聪明人，”德古拉笑了起来，“很简单，如果您继续让王子们骑白马，让公主们留金发，那么地狱会将您的行为评估为危险行为，我希望您要谨言慎行。”

“为什么？”谈及自己的作品，安徒生就像护着孩子的父亲一般，有了些莫名的勇气，“我的主角们，都是美的化身，那么他们一定要是这样的形象。”

“唔，是这样的吗？”德古拉笑道，“依照您看来，只有天堂那些金发的、骑着独角兽和白马的家伙才是美？我们的形象却被认为是丑陋而堕落的象征？”

他的笑容越发阴森，露出了尖而细长的獠牙。

“您，当然是美的，”安徒生第一次微笑了起来，而他的目光则望向了窗口。

那里，一只猫头鹰歪着头，一动不动地盯着安徒生。

下一刻，浓烈的烟雾在屋内爆炸开来，烟雾散去后，德古拉定在原地，而安徒生则消失了。

安徒生此刻骑在扫把上，他的双手环抱着一位女士的腰，那位女士头戴一顶大巫师帽，即使在夜风中也未曾摇晃分毫。

“我就知道你会来，奥菲娜，”安徒生笑了起来，“主是不会放弃我的，哈哈！”

“主不会放弃你？”奥菲娜没好气地说道，“你差点死了！”

“所以上帝派了你过来，”安徒生嗅了嗅奥菲娜的头发，“真香呢！”

就在二人以为逃脱了德古拉的时候，一大片黑影席卷而来，遮天蔽日。

那是数以万计的吸血蝙蝠。

出奇安静的蝙蝠群里，德古拉的声音传了出来：“只有杀死你们，才能阻止天堂的家伙继续增加信徒！”

疯狂的蝙蝠群陡然俯冲而至，二人马上便会被包围，而后化成皑皑白骨。

“奥菲娜，我爱你！”临死之际，安徒生这个家伙竟然说出这样的遗言来。

“我也爱你！”追随安徒生十年的女巫奥菲娜，扭过头来，深情地望着他。

伴随着安徒生的喊声，二人被团团围住，漆黑的蝙蝠形成了一个巨大的球体，刚刚互相表白的情侣则生死未卜。

或许，真的没有所谓的上帝？又或许安徒生真的被放弃了？

然而，白光从蝙蝠群团成的球体中丝丝缕缕射出，而后骤然汇聚，仿佛一轮新生的月，将整个哥本哈根都照亮了。

所有的蝙蝠都被这纯白的光所荡清，只剩下在地上冒着青烟的德古拉。

他苍白的脸上被烫出黑斑来，而他还是执拗地盯着半空中的二人。

安徒生，骑着白马，手持金色长矛，怀中抱着奥菲娜。

一个庄严的声音响起：“爱与忠诚，永远是最美的人性，我大天使长米迦勒，赐予你们片刻的神祇。”

“你的王子，骑着白马，来救你了。”安徒生微笑看着惊慌失措的奥菲娜，提起手中的长矛，冲向德古拉。

Question

文 / 周小凡

为什么妖怪总想变成人？

李白白已经是第九次考试失利了。

李白白是一只山羊精，一百零五岁，在妖怪中算是很年轻的了。从九年前开始，李白白就在准备着妖怪的大考，一直考了整整九年，一次都没有通过，而且成绩还一次比一次差，这也算是妖界的一项最高记录了。

要知道，之前妖界最笨的猪妖，也不过考了五次而已。

所谓大考，全称叫作“妖怪人间生活资格考试”，没有通过这项考试的妖怪，是不允许变成人形，进入人间去生活的。什么？妖怪为什么非得进人间？那就得问妖怪们自己了，相信每个妖都有不同的答案。有的认为人界是受仙界眷顾的，在人界待着修炼的速度也更快；有的觉得人的形体最为完美，做妖太难看了，还是做人好看些；有的认为只有在人间才能感受七情六欲，这是比长生不老更有意思的东西。

大考的第一项考试，就是变人。这是理所当然的了，要进入人间生活，当然要变成人类啦。但凡五十年以上有点法力的妖怪，都能轻松地变成人形。可是考试没这么简单，光会变人不行，还得戴上测试仪器，维持个七天七夜，人形不能消失。而且考官还会随时出现，惊吓你一下，或是提出奇怪的要求，反正考生无论如何都不能现出原形，否则考试就不会通过。

光这一项考试，李白白考了五次才过。

变人之后，还有语言、肢体、社交、艺术等几个大项，等到考试全部通过，才能获得证件，最终进入人间。

李白白是山羊精，纯的，他家祖上多少辈都是山羊，别说其他妖怪了，就连一只绵羊都没有。这种极为纯粹的血脉，按理说后代都天资优越，可是到了李白白这里却……

“你们看，那个家伙这次又没通过考试。”几个八十来岁的小妖怪指着他笑。

第九次了，李白白的成绩很惨，甚至还不如上次。他有些沮丧，在第七次失败的时候，就已经有记者采访过他，甚至还上了妖界新闻，他很快就成了名人。父母将他视作家族的耻辱，不再和他联系，他只好独自一人生活，继续努力准备考试。

就在他感到绝望的时候，有一只狐狸找到了他。狐狸精身材窈窕，手上拿着一叠宣传单，看来是考场外经常出现的培训班宣传队伍中的一员。

狐狸精说："又没考上吧？到我们'教你做人'培训班来学一年，保准能考上。"

有几个同行起哄："喂，你找他？算了吧，别弄坏了自己培训班的名声。"

狐狸精白了他们一眼："要你们管。"然后对着李白白微笑，"来试试吧"

李白白有些犹豫："我，我没什么钱。"

"没关系，我们这儿考过了才付钱，没考过不用付钱。"

抱着试一试的心态，李白白上了培训班，经过一年的学习后，他参加了第十年的考试。当考试榜单出现的时候，所有妖怪都惊呆了，因为李白白的成绩赫然排在第一位，他不只通过了考试，而且每一门考试的成绩，都是第一名。

无数妖怪围住了他，询问他通过考试的秘诀。李白白傻乎乎地挠了挠头，说："大，大概是培训班教得好吧。"

"什么培训班？"

狐狸精恰到好处地走了过来，手上拿着一叠宣传单，看着李白白微笑道："怎么样，我就说你肯定能考过的吧？我们的'教你做人'培训班，绝对是妖界最棒的。"

李白白点点头："嗯，真的是这样。"

妖怪们沸腾了。他们争抢着"教你做人"培训班的宣传单，带回去告知自己的亲友：你知道吗，李白白都通过考试了，对，就是那个傻乎乎的山羊精。

很快的，"教你做人"培训班人满为患，几乎所有其他的妖界培训班都歇了业。这家培训班的教育方式很特别，一年以后，通过率竟然高达百分之九十五，又过了几年，几乎完全垄断了妖界的培训行业。

在"教你做人"的地下办公室里，狐狸精敲了敲门，里面有人说："进来。"

狐狸精推开门，朝着办公桌后的李白白露出微笑："老总，我们今年的业务量又上涨了不少，您当初的营销策略可真是厉害，不愧是纯血统的妖界天才。"

李白白微微一笑："那些妖怪啊，就是太蠢，光想着通过考试进入人界。我们呢，就多赚些他们的钱，然后再去人界做投资。"

他打开柜子，拿起满满的一把金币扔在桌上，笑着说："如果没有钱，到了人界也不过就是个穷鬼，和做妖怪又有什么分别呢？"

Question

文 / 周小凡

为什么葫芦娃是七兄弟？

仙界最近在弄“食仙”评选大赛，经过多轮评比，最后两位神仙脱颖而出。一个是八仙里的张果老，一个是净坛使者猪八戒。

猪八戒好吃，是个神仙都知道。但是过去神仙们都觉得猪八戒只是好吃，未必就多懂得吃，自从他成了净坛使者之后，吃的品味明显提高了。王母娘娘的蟠桃，那可是极品的水果了吧？蟠桃会上别的神仙都是忙不迭地吃下去，连核都不忍心丢掉，囫囵着吞下去。猪八戒呢，掏出个小瓶，再拿出个寒玉做的小刀，把蟠桃切成块，蘸着桂花做的酱，一小口一小口地吃，吃完还不忘把桃核带走，说是回去磨成粉做丹药。

张果老呢，本来是个凡人，因为偷吃一个千年的何首乌才成了仙。有人说，张果老只要是能吃的东西就都想吃，有次把何仙姑的荷花吃了，还想用铁拐李的铁拐做烤串。还有人说，张果老的毛驴，每天都活得战战兢兢，听见磨刀声就浑身发抖，生怕哪天被主人给吃了。

得到“食仙”称号，除了能拥有永久参与蟠桃大会的资格，还能得到太上老君上好的仙丹。所以猪八戒和张果老，谁都想胜过对方。

不过这最后一轮怎么评呢？当然还是吃，七七四十九日之内，谁吃的东西最稀奇，谁就胜了。

猪八戒耗尽心思，找了当初西游的几个师兄弟帮忙。小白龙弄来深海皇冠草的嫩叶，万年玄甲龟的蛋；沙和尚费了老大力气，才弄到了万年雪莲；还有孙悟空，倒也出了些力气，竟然从观音大士的净瓶里，弄了根嫩枝过来。

猪八戒觉得这些东西未必就有胜算，他想来想去，找到了师父。

唐僧对这事早有听闻，看到二徒弟来了，笑盈盈地说：“悟能啊，为师清心寡欲，对吃什么的不动心思，怕是帮不上你了。”

猪八戒嘿嘿笑着说：“能帮上，能帮上。”

猪八戒吞吞吐吐地说："师父，要说这天底下最稀奇的食物，当然得是唐僧肉了……"

唐僧打出一记刚学的"如来神掌"，直把猪八戒拍到了凡间的一个猪圈里。

猪八戒"哼哼唧唧"地起来，拍拍身上的泥土，腾云驾雾回到仙界。师父那边是不能乱动心思了，就几个师兄弟弄来的东西，倒也凑合吧。

不过张果老究竟在吃什么呢？

猪八戒打探许久，得出一个令人震惊的消息：张果老要吃彩虹。

彩虹无形无质，尤其是仙界的彩虹，纯粹是一股仙气，可以吸，但是怎么吃呢？

张果老为了吃彩虹这事儿，是真的下了一番功夫的，他研究了许久，终于想出一个办法，那就是种彩虹。

张果老先从西海仙岛上，弄来了几颗葫芦的种子。为什么要用葫芦？因为葫芦的形状，犹如大腹便便的孕妇，正是天底下最容易吸收天地灵气的器具。这葫芦不种在土里，而是种在云彩里，每日每夜吸来彩虹，让种子吸收彩虹的仙气。

等过了七七四十九日，这彩虹葫芦长了出来，就算是大功告成，再趁着嫩的时候下锅一炒，那滋味……啧啧啧。

猪八戒浑身冷汗直流。这种吃法简直是惊天地泣鬼神，前无古人后无来者，要是张果老吃成功了，"食仙"的称号，哪里还能轮到自己头上？

于是猪八戒动了坏心思。他用了隐身术，偷偷来到张果老种彩虹的地方，准备偷走他的葫芦种子，自己带回去研究研究。可猪八戒刚靠近云彩，云雾中就蹿出了一条狗。那是二郎神的哮天犬。

猪八戒吓坏了，他哪能想到，张果老早知道他心怀不轨，竟然把二郎神的狗都借过来守着。猪八戒被哮天犬一口咬住猪屁股，疼得到处乱跑，慌乱中不小心碰散了一团云彩，一颗葫芦种子就这么从天界径直掉落到了人间。

后来这种子被一个人间的老头子捡着了，他哪知道这是菜啊，就把种子种了起来。这葫芦种子在仙界吸收天地灵气，又包含了彩虹的精华，竟然长出七个不同颜色的葫芦，而且每个葫芦里，都藏了个身患绝技的小娃娃。

后来的事情，你们都知道了。

Question

文 / 周小凡

《小猪佩奇》的片尾为什么都要躺着笑?

“是时候做决定了。”

郭鑫手中黑洞洞的枪口对着我，我手中握着一颗蓝色的胶囊，现在我只有两个选择，要么把这颗蓝色胶囊吃下去，要么被他射出的子弹打穿头颅。

我，我会死吗?

……

我是一名刑警，两个月前，我所在的城市发生了集体自杀事件。十一个人在某小区的房子里集体烧炭自杀，这件事当时轰动了全国。我作为负责的刑警压力非常大，因为侦查了将近半个月，始终没有发现任何有用的线索，更别提找出他们自杀的原因了。

这十一个人，四男七女，身份各异，有的是年过半百的大学教授，有的是送外卖的小哥，年纪最小的女孩还只是初中生。我们努力调查了很久，但是从这十一个人身上，几乎找不出任何可以把他们联系起来的共同点。

除了唯一的一点。

那就是这十一个人，都在身上的不同位置，文了一个小猪佩奇的文身。

我们开了几次会，经过商讨，认为这文身有可能是某个邪教或是一些地下组织的标记。我们将过去所有案件的资料都查过一遍，但始终查不出任何相关信息。这个事件的社会影响太坏，网络上已经出现了很多谣言，上级给我们的压力越来越大。好几个同事焦虑到脱发，怕是案子还没破，头顶就要光秃秃了。

最后我们只剩下排查所有文身店这个办法。这几年来，本市文身人数迅速增加，为了找到小猪佩奇的文身，我们耗费了不少心力。最终，靠近郊区的某个文身店的老板说，他认识这次自杀事件中的一个死者。

“老宋是吧？我对他印象挺深的。这么大年纪了，居然来文身，还文的是小猪佩奇，真是奇怪。”老板皱着眉头回忆，他说的老宋，就是这次自杀的大学教授。

我追问："他当时有说为什么要文这个吗？"

"我问了，他没说。他吧，好像不太爱说话。"老板想了一会，"哦，对了，走的时候，他对我说了一句话，说什么，这个世界是假的？"

这个世界是假的？这是什么意思？是邪教对他们的洗脑吗？

所有的线索一下子又断了。距离自杀事件已过去了两个月，我们始终查不出任何有效线索，而且由于小猪佩奇文身的信息被某个媒体曝光，导致社会上忽然开始流行这种文身，这加大了我们的工作难度。

这天傍晚，我到办公室附近的便利店买一些面包饮料带给同事。付钱的时候，有个相貌颇为清秀的女孩在我前面。在她掏出手机扫码的瞬间，我看见了她手腕上露出的小猪佩奇文身，我不由得浑身一颤。

匆忙付完钱，我立刻就跟了出去，一直跟在那个女孩身后。虽然小猪佩奇的文身成了热门，但是颜色形态大多有区别，而这个女孩手腕上的文身，和那十一个死者的文身一模一样。

我跟在那个女孩身后，直到她走进一个巷子，我立刻跟了进去，却发现女孩不见了。我慌忙往前跑，忽然感觉脑后一痛，就这么昏了过去。

我再次醒来时，正坐在一张柔软的沙发上，双手被铐住，后脑还隐隐作痛。一个光头的中年男人坐在我面前，手上拿着手枪，黑洞洞的枪口正对着我。

"你是谁？"

"陆刑警，你好，自我介绍一下，我叫郭鑫。"他微微一笑，"我是佩奇组织的首领，我已经关注你很久了。"

"佩奇组织，你们果然有组织。"我冷声说，"你们知道袭警的后果吗？"

郭鑫不以为然地笑笑，手上枪口晃了晃，说："陆刑警，我关注了你很久，发现你也是我们的同类，所以才决定和你接触的。"

"什么同类，你在胡扯什么？"

郭鑫说："我看过你的微博，你是不是经常觉得，早上醒来的时候，分不清自己是在现实还是梦境中？好像梦境中的世界更为真实？"

我皱起眉头："有时会这样，可那又怎么样？"

"你知道吗，这个世界是假的。"

我嗤之以鼻："这就是你给别人洗脑的方式？"

"这个世界并不是真实的，真正的人类世界，早在几十年前，就被人工智能占据了。”

我忍不住笑出了声：“哦，后面我知道，机器人把我们人类当成电池，养在培养液里，这个世界是完全虚拟的世界。《黑客帝国》嘛，我最喜欢的电影。”

“这一切都是真的。”郭鑫的表情很严肃，“在外面的世界里，还留着一些没被控制的人类，他们想办法和这个世界的人接触，将真相变成电影在这个世界拍了出来，《黑客帝国》就是他们给人类的第一个提示。但是人们只把那当作电影，并没有当真，于是外界的人们又给了第二个提示，那就是动画片《小猪佩奇》。”

我笑得肚子疼：“我的天，你到底是怎么哄骗大学教授的？就靠这种故事。”

郭鑫依旧表情严肃：“因为人工智能的管控很严，所以小猪佩奇隐藏的信息很隐晦。你有没有想过，这样一部儿童动画，为什么能在成人世界火起来？还有为什么在片尾，小猪佩奇经常会躺着笑？”

“因为太胖了？”

郭鑫拍拍手，走进来两个壮汉，将我从沙发拖到地板上躺着，然后脱掉了我的鞋子，用鸡毛掸子挠我的脚。

我忍不住大笑：“喂，你们不要乱用私刑。”

忽然，头脑中一阵轰鸣，眼前的景象全都变了，我感觉到自己泡在液体里，外面是昏黄色的一片，我只觉得头昏脑涨，想要出声，却说不出话来，于是开始剧烈挣扎，这时，忽然感觉到有人把我拖了起来，我又回到了原来的世界。

是郭鑫。

“当你躺在坚硬的地板上笑的时候，姿势状态和处在营养舱中的你是一样的，数据流通就会出现障碍，所以刚才，你的意识暂时回到了真实世界。这就是小猪佩奇隐藏的秘密。”郭鑫看着我，“这次，你明白了吗？”

我心中惊骇万分，却又不能不相信。我喘着粗气：“我，我……”

“现在你有两个选择，要么吃下我手中的蓝色药丸，你就能回到现实世界，我们会把你伪装成自杀的样子，避免人工智能怀疑。”郭鑫语气冰冷，“如果你不愿意，为了避免你泄漏我们的秘密，我只好亲手杀了你。”

我拿过那颗胶囊，坐在沙发上发呆。

“我的时间和耐心都很有限，好了，是时候做决定了。”

• WHY

体检报告单

File Edit Image Layer Type

- 抖腿
- 脱发
- 越睡越困
- 依赖床
- 睡觉要枕头

Question

文 / 火柴人

人为什么会抖腿?

很久很久以前，当人类还未从洞穴中走出来的时候，外界的一切事物对于他们而言都是恐怖与未知，他们不敢远离洞穴，更不敢在黑夜出动。

亚当是一个身材消瘦的孩子，他的身材甚至不如女孩子结实。

所有的人都用可怜的眼光瞧他，作为男性的他，只能在白天跟着母亲和姐妹们出去采摘果实，而荣耀的围猎行动名单上，则永远没有他的名字。当男人们归来并且欢快地烤肉时，他只能在一角用泉水冲洗着采摘的果实。

亚当有个奇怪的行为，就是在任何时候，他都会不由自主地抖动他的腿。由脚尖传到跟腱而后到小腿肌肉的力量来回不停地往复，他的腿颤抖成一道虚影，但是没有任何人注意到这一点。除了一个叫作夏娃的、瞳孔漆黑的姑娘。她总会温柔地和亚当交谈，轻声地微笑，并且好奇地盯着亚当颤动的小腿，赞叹那种美妙的节奏感。

不过其他人更愿意将冷眼和嘲笑赐予亚当。

对，是赐予。族人认为即使将眼神掠过亚当都是一种恩赐，废物就应当被晾晒在一旁，默默无闻。

他捧着木柴经过用石斧剖开野牛腹部的表哥身边时，会听到爽朗的笑声与“牛尾巴”的称呼。

然而他从未觉得屈辱，因为夜里，是他的世界。

他会藏起木柴，做成火把，等到所有人熟睡的时候，将洞口的篝火引燃，走出洞穴，探寻这个世界。

亚当称呼自己为“夜行者”。

他见过河边的野牛群跪倒在地熟睡的模样，他的火把惊醒过树上深眠的花豹。

他见过夜间成群出动的野狗，并且被它们追逐，然而他的腿异常地发达，让他的速度甚至超过了这些恐怖的掠食者。

数次的追逐未果，那些野狗不再将亚当视为猎杀对象，因为追逐这个家伙简直太累了，更可怕的是他手里的火把曾经点燃了一只野狗的毛，至今那只野狗的背上还留着凄惨的伤疤。

今夜，他再次遇见了野狗群。

亚当向野狗们打了声呼哨，算是打了招呼。

然而野狗没有像往常一样溜达过来，吼叫几声来宣誓领土权。

它们直勾勾地盯着山坡之下。

亚当发现了野狗们眼中的光芒，感受到一种恐怖的气氛。

他爬上山坡，也向下望去。

一片红色与黄色的亮光映入亚当的眼中，将他的眼瞬间刺痛。

他认识那是什么。

山火。

他手中的火把就是山火的儿子，然而二者的威力不可同日而语。

山火可以瞬间吞噬无数生灵，将一大片草原化为焦土，将一个洞穴的鼹鼠烤成香喷喷的熟肉。

人类的洞穴也是如此。

身边不远处的野狗们已经开始惨叫着逃亡了，亚当才意识到，自己的亲人危在旦夕。

如果山火燎原，那么洞穴中的人都将被困在其中，最后被烤成黑炭。

亚当的腿不由自主地抖动起来，如同他的牙齿一般。

他畏惧山火，但是他的身体告诉自己，一定要动起来！

奔跑吧！

下一刻，他化为一道光，飞奔了起来。

手中的火几乎要被奔跑带动的风吹熄，幸好火把浸过了大量的野猪油。

他奔跑着，超过了刚刚的野狗群，超过了空中惊恐的飞鸟。

他为了族人，更是为了心中的夏娃，以惊人的速度冲向洞穴。

山火在身后，只要他晚一些，族人便会有生命危险，那个叫作夏娃的女孩就会被烧死。

亚当不许这样的事情发生。

即使那些人曾经嘲笑他，无视他。

近了，近了！

山洞口的篝火已经可以见到了！

他丢下手中的火把，狂暴地舞动双臂，将速度更提升一层。

到了洞口，亚当瘫倒在地。

他想喊，但是却喊不出声音来，因为他的嗓子已经无法正常工作了。

他剧烈地喘着粗气，却无法叫醒大家，绝望的神色从他眼中浮现。

然而，一个熟悉的声音拯救了他："亚当，你怎么了？"

是夏娃。

是每天都会担心地偷偷等着亚当归来的夏娃。

亚当连忙连比带划地告知了夏娃不远处的山火。

而后，夏娃将所有族人叫醒，转移到了河边。

刚刚到达河畔，他们就看到火光吞噬了他们的山洞。

如果他们还在熟睡，此刻早就没命了。

所有人都知道，这是亚当的功劳。

此刻的亚当，双腿已经因为用力过度，而无法继续站立，只能躺在夏娃的膝枕上。

腿部结实而细长的肌肉纤维不由自主地抖动着。

"谢谢你，亚当，"族长走了过来，"你的奔跑让我们得救，所以，我期待你可以教导我们如何奔跑。"

"很简单，"亚当咧了咧嘴，用沙哑的声音说道，"你们必须从抖腿开始。"

Question

文 / 火柴人

人为什么会脱发？

“大夫……”孙业大一脸讪笑，眼角的皮肤都褶皱成一团。

“要叫大师！”身着白大褂的魁梧汉子皱着眉头训斥道。

“是是是，大师，大师！”孙业大慌忙道，“您说，人为啥要掉头发啊？”

大师眯着眼，停下了手中的植发工具，沉吟片刻，说道：“你想知道？”

孙业大看着大师严肃的表情，隐隐觉得可能要听到什么重要的信息，不由得正色，习惯性地捋了一把光秃秃的头顶，把眼睛睁得更大些，点了点头。

“好，”大师回过身，取出了一张照片，递到孙业大面前。

那是大师年轻时的照片，然而他的头顶却是一片光亮，只耳畔处有一圈稀疏的毛发延伸到脑后。

“大师……您也？”

“对，我曾经是一个秃子。”大师双眼望着远方，“我本以为我会秃一辈子，永远被人叫作大夫，直到我遇见了 UFO，得到了真相。”

“啥？”孙业大撑起身，满脸的惊诧。

“你知道头发是做什么的吗？”大师转头问道。

“有头发会很帅，能找到女朋友。”孙业大下意识地向身旁的镜子瞟了一眼，又垂下目光。

“呵，”大师轻蔑地笑道，“愚昧。”

“你可知道为何只有人类，才会在头顶留着那么长的毛发，而其他生物都会在全身覆盖毛发？”大师顿了顿道，“那是因为，头发，是人类与宇宙沟通的媒介。”

“什么？”孙业大以为大师在说笑，却发现大师依然是严肃的表情。

“人类，曾经是宇宙中的游牧民族，我们的毛发会接受宇宙射线，并通过分析这些射线，了解哪里诞生了资源星球，哪里的恒星即将熄灭，而哪里会是危险的黑洞。”

“人类，就是行走的宇宙探测器。”

“直到我们到了地球。在人类流浪的数亿年间，从未见过地球这样完美的星球，如此适合人类生存。于是，我们分为两派，一派是降临派，一派是流浪派。降临派入住了地球，主宰了这里；而流浪派继续在宇宙中冒险，追逐着资源星球，躲避着黑洞与其他智慧生物。”

“地球屏蔽了大部分的宇宙射线，在这样舒适的环境中，我们身上的毛发反而成了无用之物，每天自动对宇宙射线进行分析，也成为无用之举。所以，人类开始了进化，或者说，是被地球驯化。我们脱去了身上的功能性毛发，取而代之的，是细小的低配的绒毛。然而头顶辐射下的宇宙射线还是最多的，所以，我们的头发顽强地没有就此消失。”

大师声音突然激动起来：“头发，是人类作为智慧生物的最后防线！如果连头发都停止了对于宇宙射线的自主分析，那么人类的大脑将会就此降低百分之九十的能力！愚蠢的人类啊！”

孙业大已经被震撼得不知说什么是好，颤抖的手拂过头顶稀疏的草原，感觉无比冰冷。

“我年轻时就谢顶，却遇见了回到地球的流浪派，被他们所拯救，他们修复了我与宇宙沟通的渠道——头发。他们告诉了我世界的真相，从那以后我不再被人叫作大夫，而是大师。”大师抚摸着头顶笑着看向窗外的天空，“我能感受到太阳的辐射是怎样的恐怖，但是我享受它。”

“大师，那我如果植发成功，会不会也……”孙业大颤声问道。

“呵，你知道我为什么要做植发大师吗？”大师转过身来，阳光在他身后笼出一个光晕，显得他的白大褂更加圣洁。

“因为，只有流浪派有恢复人类与宇宙沟通能力的技术，而我没有。所以，我能做的，只有一个——”大师抬起双臂，仿佛一只白色的大鹏，“我要让人类依然以浓密的毛发为美，而不是觉得秃头性感，从而降低秃头的人们在性资源上的竞争力。如此，未来人类的智力水平才不会退化。”

他的声音十分神圣，他的头发仿佛竖了起来，要与太阳肩并肩。

“我……明白了，大师，请您务必为我植发成功！”孙业大拜倒在地，一身冷汗。

“放心，你会帅到爆的。”大师扶起了孙业大。

手术很成功。

孙业大的头顶，此刻是一片茂盛的草原。

“孙亚天，恭喜你！”大师由衷地笑道。

“大师，谢谢您！”孙亚天眼中含着泪花。

“去吧，为人类的未来而战！”

孙亚天点点头，哽咽着离开，临走时，他瞟到了大师桌上的一张护照。

大师原来叫，天美。

彩蛋1

孙亚天走出好远，才狂笑不止，脸上的肌肉扭曲而狰狞。

“这个疯子，竟然没有想到，如果给秃头的人植发，那么秃头的人不就具备了更强的性资源竞争力了吗？那么以后不还是秃头的世界吗？呵呵，愚蠢的流浪派！愚蠢的浓发派！”

彩蛋2

天美大师收拾好手术台，将一台泛着幽暗蓝光的仪器小心翼翼地从手术台下提了出来。

“孙亚天，不要怪我，”大师自言自语道，“为了不让秃头继续繁衍，我只能让你的精子存活率降低，你可以获得更多交配权，但是你要繁衍后代可就难了……呵呵，愚蠢的降临派，愚蠢的秃顶派！”

Question

文 / 周小凡

人睡觉为什么需要枕头？

上古时代，人类刚形成部落，为了生存下去，除了要跟野兽和残酷的自然环境斗争，还要对抗凶恶的上古魔族。魔族大约是在地下进化出的物种，他们比人高出几个头，皮肤是暗蓝色的，耳朵上方有两个尖角。它们的体格强壮，残忍好斗，而且掌握了一些人类无法理解的巫术。

为了争夺这个世界的资源，人类和魔族展开了持久的战争。最初，人类节节败退，一个又一个部落被魔族侵占，数不清的人类被魔族屠杀，许多部落就这样消失了。这时候有一个最强大的部落站了出来，他集合所有人类部落的人，一同和魔族进行对抗。

团结起来的人类，终于有了可以和魔族一战的资本，然而这场战斗依旧残酷。那时候的人类，已经学会了驯化猛兽，他们依靠自然界的生物，和魔族进行战斗，终于让魔族吃到了一些苦头。而魔族也不甘示弱，他们从地底召唤出强大的生物，这些生物唯一的弱点，就是不能看见阳光，所以魔族总是在夜里发动攻击，人类损失惨重。

从实力上看，魔族占据着绝对的优势，但是随着战争的继续，魔族的缺点暴露了出来。

那就是魔族数量太少了。

魔族的个体虽然强大，但是魔族生育周期很长，一个魔族女性从怀孕到生产，所要的时间是人类女性的三倍，而且魔族女性生育后几年内都不能再次受孕。魔族幼儿的生长周期，也远比人类要长，因为魔族的寿命本来就是人类的好几倍。

在人魔战争中，魔族看似一直占据着优势，可是从长远来看，竟然是人类占了优势。这场战争打了大约十年，人类的损失是魔族的几十倍，可是人类繁育能力极强，十年过去，人口数量并没有减少，而魔族的数量，已经锐减了三分之二。

魔族首领何尝不清楚，这样打下去最终失败的将是魔族，这个时候，是该使出看家本领了。

于是魔族首领决定动用梦魔。

几十年前，魔族首领最钟爱的配偶，生下了一个女儿。女儿从出生后，除了进食外，几乎都处于沉睡状态，一开始魔族首领还担心，这个女儿是否得了怪病，但是十几年来，女儿虽然睡多醒少，却一直在正常发育，这让他觉得很奇怪。

直到某天他在睡觉的时候，梦到了自己的女儿，原来她是个异类，天生有能进入别人梦境的能力。欣喜若狂的魔族首领，对自己的女儿进行了训练。那时魔族内部正起纷争，有一股不服他的势力蠢蠢欲动，魔族首领依靠自己女儿的能力，在梦境中杀死了那些魔族，巩固了自己的地位。

在那之后，魔族首领更是找到了几个有着这种共同特质的魔族婴儿进行培养，这些魔族被称为梦魔。他们的力量虽然强大，但是每次使用自己的力量后，就会陷入长达数年的沉睡，所以不到万不得已，魔族是不会动用这股力量的。

在巨大的危机面前，魔族首领终于动用了梦魔。他要利用梦魔，杀死人类几个最大部落的首领。他首战告捷，只用了一个最年幼的梦魔，就杀死了一个关键人物。

而人类这一边，一个部族首领的死亡令族人惊慌万分。那个首领的死相很惨，在睡梦中的时候，忽然浑身抽搐，大叫着一些胡话，然后很快就死去了。

人类最有经验的巫医说，首领是梦中受到了惊吓，所以才七窍流血而死。想必是魔族那边，有种人类不知道的巫术。

人们很恐慌。如果是现实中的魔族，还可以想办法杀死，可是梦中的魔族，应该如何对付呢?

人类的巫医想出了办法。她收集了许多珍贵的药草，将它们烘干之后，缝在一张完整的牛皮之中。晚上睡觉的时候枕着它，这样魔族不管有多强大的巫术，都无法侵入到首领们的梦境之中了。

魔族发现梦魔不再有效的时候，就明白这场战争已经结束，它们最后的反击也失效了，人类必将战胜它们。事实也的确如此，在那之后魔族军队节节败退，不到五年，魔族就被赶入了地下，后来慢慢灭绝了。

而从那之后，巫师制作的装有草药的布包，在人类部族间流行开来。人们用动物的皮革，包裹各种晒干的草药，睡觉时就放在头下面。

再后来，有人给这种布包起了名字，叫作枕头。

Question

文 / 周小凡

人为什么会越睡越困？

你好啊，好久不见，最近怎么样，病情有所好转吗？

怎么，看你的气色还是不太好，黑眼圈很重啊。难道说，你还是和过去一样，非常害怕睡觉？你的症状一点也没有好转？

来，孩子，到沙发上坐下，我去给你倒杯水。喝点什么，咖啡可乐还是茶？什么，橙汁儿？冰箱里没有，苹果汁可以吗？

让我们言归正传吧。我看一看资料，嗯，你的病情记录在这里。你说自己每天从梦中醒来时，都要恍惚很长时间，分不清自己是在梦中还是现实，对吗？你说自己有一种错觉，好像自己不是从梦中醒来，而是进入了一段新的梦境，是吗？

这种感觉有多久了？嗯，从半年前开始的，那时候正好是暑假，你晚上喜欢熬夜，所以白天睡得特别多，经常能睡十几个小时。这种不健康的生活，你持续了一整个暑假，开学以后就总觉得没有精神。你正好是大四，平时课程很少，所以你逃课，每天早上把大把的时间用来睡觉，同学们都嘲笑你是睡神。你也有想过改变，只是不知道为什么，越是睡觉就越困，越困就越想睡。

然后，你终于出现了奇怪的感觉，就是那种梦境和现实错位的感觉。你感觉到害怕了，怕是自己睡得太多，精神上出现了什么问题，于是你不敢睡觉，但是人怎么可能不睡觉呢？上一次你来找我，我给你开的那些药，你都吃了吗？

都吃了，而且是双倍分量，但是一点用都没有？

唔。

孩子，真的很抱歉，我恐怕是帮不了你了。

别着急，你听我说，我觉得既然药物没有用了，那么我只好把关于你病情的真相告诉你，你先喝口果汁，做好心理准备。

答案可能会超乎你的想象。

孩子，你知道吗，我们所生活的这个世界，并不是唯一的。

用平行世界的说法或许比较合理，但是那个世界，和我们所处的世界不太一样，那是一个以精神能量为主体的世界，缥缈虚无，存在于我们无法触碰到的另一个次元。实际上，我们每一个人诞生的时候，同时也会有另外一部分，诞生于那个精神世界。这一部分，可以称为人的灵魂体，直接影响着我们的大脑思维。

伴随着我们肉体的成长，灵魂体也在不断成长，就像平行线上的两个人，两个世界没有直接的交集，但是其中一个消失，另一个也会消失。灵魂体究竟是什么，到底有什么作用？抱歉，我也不知道，我所讲的，已经是现代人类对灵魂体和那个世界的所有研究了。

我们能够和那个灵魂体接触的机会，其实是存在的，看你的眼神，应该已经猜到答案了。没错，那就是做梦。

人在做梦的时候，脑部某个特殊区域会变得活跃起来，这是我们的思想和精神世界连接最为强烈的时候。很多时候我们做梦，所梦见的那些事情，其实都是在那个世界里所发生的。那个世界诡异多变，是现代科学无法理解的存在，所以人类的梦才那么瑰丽多彩。

觉得不可思议，是吗？

但这些都是事实。其实绝大多数人，都会有一种感觉，就是明明睡了很长时间的觉，可是却怎么也睡不够，反而觉得越睡越困。其实就是因为睡觉时，人的思维和精神世界连接，睡眠时间越久，和精神世界的连接就越为紧密，即便你从梦中醒来，也会浑浑噩噩不知所以。因为大脑被欺骗了，它混淆了现实和那个世界的区别，所以人往往睡得越多，就会越困。

而最可怕的地方是，当你的睡眠量超过一定程度，你的大脑就会被彻底干扰。每一次入睡，你都会更加接近那个世界，而一旦陷入睡眠，你也很难再醒过来。发展到一定程度之后，你在这个世界的意识就会彻底崩塌，而你的主体意识，会生存在那个世界里，再也回不来了。

你问我，到了那一天，你会变成什么样？

你在这个世界的躯壳会陷入永久的沉睡，偶尔会有短暂的意识苏醒，不过是因为你在那个世界，陷入了睡眠之中。但你什么也做不了，因为对你来说，那个世界才是现实的，而这个世界，只不过是你的一个梦境罢了。

别害怕，孩子，虽然我什么也帮不了你，但发自真心地说，这未必就是一件坏事。

也许在那个世界，你会生活得比在这里更幸福更快乐，不是吗？

Question

文 / 载卷行舟

人为什么如此依赖床？

1

江白是个失意的宅女，没钱没势没样貌，日子过得紧巴巴。

她每天从自己的大床上醒来，日复一日地过着平淡的生活。

直到又一次醒过来，她发现自己成了一部小说的女主角，丞相千金，皇帝的白月光，后宫佳丽三千里仅有的那一瓢弱水。

江白心里美滋滋的。

倒不是因为江白有多想做皇帝的妃子，而是突然成为白富美，江白觉得自己捡了大便宜。

她看多了穿越小说，对自己将来的美好生活也早有规划，最初几天倒也过得很自在。

但不过三日，江白的颜控属性暴露，事情变得一发不可收拾。

2

她穿越来的时候是当月的阴历十三，而阴历十五有一次大的朝会，文武百官前来叩见皇帝，后宫妃嫔也要给皇后娘娘请安。

请安之后，江白本来就因为穿越而过于飘忽不定的智商直接就失去了踪迹。

无他，因为后宫的妃嫔实在是太漂亮了。

江白人一边吃着桌上摆着的小点心，一边在心里疯狂尖叫。

皇后娘娘真的超温柔！

但是贵妃娘娘也好酷啊！

贤妃娘娘气质清冷好像小龙女！

她觉得自己仿佛到了天堂，每天快活得宛如神仙。

3

但后宫的妃嫔们并非这样想，反倒觉得她一定是个不简单的人。

刚入宫就被封为妃子，而且据说曾经在寺庙上香的时候救过皇上一命，这样的女子必然心机很深。妃嫔们见了她这副没心没肺的样子则更加戒备，面上虽然不显，心下却摩拳擦掌，想要和她斗上一斗。

江白对美人常常是不设防的，尤其她在现代长大，虽然看过宫斗剧，但是从妃嫔的互动上完全没有感受到剑拔弩张的氛围，因此每天乐呵呵地吃美食看美人，自觉日子过得比皇帝还要惬意。

忍耐了一个月之后，各宫妃嫔们开始试探性地朝江白下手，江白并无经验，没心没肺也是真的没心没肺，妃子只是简简单单地试探一下，连大招都没发，江白就已经中毒身亡了。

4

江白再次在床上醒来，眼前是一个英俊的美男子，她用笨得可怜的脑袋瓜简单分析了一下，归纳出自己可能是快穿者这个结论之后，打算消化一下被毒死的难过感觉。

直到看到天花板上那道熟悉的裂缝，她才起身，看着四周的环境一切都没变，她身下还是那个大床。

意识到这一点之后，江白的目光刀子一样射向了刚才的人："你是从哪里来的？在我家里做什么？"

那人一笑："说起来你可能不信，我是你的床，今天刚成精的。"

"你编也编一个靠谱点的理由。"江白拍拍手底下的床，挑眉道，"我的床可还在这儿呢。"、

床道："成精也不是像你想的那样，直接从床变成人的。"

他打了个响指，整个人消失在空气里。

江白身下传来了床的声音："现在你信了吗？"

她点点头，眼见为实，不能不信。

5

床才又变成了人的样子："刚才那个梦，你觉得怎么样？"

"梦？"江白回忆着梦里真实的感觉，点点头道，"小姐姐是真的漂亮，就是心有点黑。"

片刻又继续道："难怪我死的时候不觉得疼，原来是个梦。"

"我刚修炼成精，想要给你制一个梦。"床说，"你平常看的书都是这种小说，我就拿其中一本做了背景。"

江白满脸黑线。

"但是我没想到你居然这么快就回来了。"床也是很耿直道，"我还以为你看那么多小说，会有点经验。"

江白觉得自己里子面子都没了，便色厉内荏道："我还经常看修仙小说呢，也没见我成了仙。"

她讲完这句话在床上目光空洞地愣了好一会儿，回味自己自以为穿越的这个梦，其实除了死得有点早，其他都挺好的。

片刻之后她突然问床："欸，这种梦，我以后还能做吗？"

"当然。"床突然笑了。

毕竟床的能力是织梦，而梦里面，什么都有。

世界上其实不止江白的床成了精，而且即使没有成精，床也或多或少地有织梦的技能，人们躺在床上睡觉的时候，其实是躲到梦里去，体验自己想要的人生。

• WHY

心理实验室

File Edit Image Layer Type

- 减肥
- 做梦
- 动漫
- 女人都喜欢作
- 皮一下很开心
- 女人说反话
- 逃避
- 早起呆坐

Question

文 / 明戈

人早起为什么要呆坐一阵？

苏谨是他们村子里唯一一个秀才，由于眉目清秀又恭谦有礼，深得广大中老年村民喜欢，他们都争着抢着让苏谨当自己家女婿。

苏谨本来也想挑一家从了，可惜村子里的姑娘家，一个个堪比如花，不论苏谨的大脑还是身体，都向他发出声嘶力竭的拒绝声。

这天，村里又开起了月会，其实这就是打着月会名声的相亲大会。苏谨趁着大爷大妈唾沫横飞互相争斗时，从后门溜了。

刚跑到树林里，就听见一阵啼哭声。苏谨循声而去，发现一棵古树底下坐着个貌美如花的姑娘，衣襟胜雪肤若凝脂，宛如仙女一般。

“小姐姐？”苏谨急忙跑了过去，递过一方绢帕，“小姐姐你怎么啦？”

“我家人嫌我染了怪病，便把我赶了出来，嘤嘤嘤……”女子蝶翼般的睫毛上满是晶莹的泪珠，“呀，你这手帕怎么是粉色的？”女子哭得更伤心了，“好不容易来个小哥哥，还这么阴柔！”

苏谨：“……”

“别难过了，如若你不嫌弃，来我家中住可好？我都还不知道你的芳名。”

“好呀好呀，我叫白谷晶。”

就这样，苏谨的家中多了个合租的妹子。常言道，常在河边走，哪有不湿鞋，美人伴身侧，佛心也得灭。终于在村里众多姑娘的哀号中，租客变为业主。

洞房花烛夜，两人第一次同房而眠，本是可以睡到日上三竿的，可天还没亮，白谷晶便大喊大叫挣扎着坐了起来。苏谨陡然被惊醒，连忙起身安抚新婚的妻子。

白谷晶掩面哭了起来，说这就是她的怪病。苏谨抱住她，安慰道：“不怕，以后每天我都会这样陪着你，也不怕你扰我。”

白谷晶感动地唤了一声，满眼泪水衣衫半褪，双颊还带着潮红，因为刚睡醒声音也软绵绵的，苏谨感觉自己心都要化了。

新婚的生活是幸福的，可苏谨却以肉眼可见的速度憔悴了下去，常常魂不守舍。

村中的姑娘们本来就嫉妒这个突然出现的白谷晶，又眼瞧着心上人像丢了魂似的日渐消瘦，便纷纷怀疑这个白谷晶是个妖怪，于是找来个道士驱邪。

这黄袍道士来到苏谨院中，用桃花剑舞了片刻，立刻唤来苏谨，厉声道："你可知，你这娘子是个吸人精魄的妖怪？"

苏谨单薄的身子微微颤动："她不可能骗我……况且她刚去山上为我采药啊。"

"你身子日渐衰弱，还不知道是怎么回事吗？"道士冷笑了一声，"待她回来，你将她唤到屋内，我好把这桃花剑刺入妖怪的心脏，你便可以恢复了。"

"不，我不会伤害她。"

"再不除此妖，你活不过三日。要命还是要娘子，你自己选。"

苏谨没有回话。

后来的事他也记不清了，只隐约记得他娘子溅出来的血是温热的。而他每日清晨仍会惊醒，然后立刻翻身下床，去院后看娘子的墓。

但白谷晶死后，苏谨的病也没有好，眼神中更是没了光彩，看起来时日不多了。

苏谨的旧友听闻后，带了个法术高强的道士前去探望，朋友只当是妖没除净，还在祸害人间。没想到道士看了看白谷晶的墓，淡淡地说："这不是妖，是人。"

苏谨听了大惊："那我这病……"

道士抬眼瞧了瞧他，眼眶深陷，面色乌青，双瞳呆滞无神，又低头想了想，说："你每日清晨醒来，是不是会立刻走动或者有大幅度动作？"

"是啊，您怎么知道？"

"夜晚入睡时，神魂体同休。诸人都以为魂体不分，可在傍晚时，这二者却是分开的。"道士顿了顿，又接着说，"所以人在夜间要休息，就是怕魂不附体。而早上也要徐缓而起，怕的是魂未动，体先行。你终日如此，魂魄已经很难归位。虽不至死，但是要调养很久。"

"先前那黄袍道士，只怕是拿钱办事的假货，可惜你娘子了……"道士叹了口气。

苏谨张了张嘴，泪眼婆娑，然后剧烈地咳起来，竟吐出几口鲜血，低低地唤了声："娘子对不起。"然后就歪斜在塌侧咽了气。

关于苏谨的死，村里人只马马虎虎地听了个首尾，便惊慌地传开了：早起不能急，要静坐一会，否则会有性命危险。他们的后代也严格地遵守了这条诫命，再后来，这就成了大家默认的习惯了。

Question

文 / 明戈

为什么看见喜欢的人就想逃避？

国王令人张贴了一张告示：公主莉莉安已经到了适婚年龄，谁的求爱告白方法最有新意，她就会嫁给谁。

告示一贴出来，全国的青年都沸腾了。敢问这天下，谁不知道莉莉安的美貌？据说她身边的仆人到卫士，没有一个是男人，因为但凡见到她容貌的人，没有一个不爱上她的。

第二天一大早，城堡门前就排起了长队。

"你好，我叫威廉，我特别喜欢您，这是我的花。"

公主戴着面纱坐在宝座上叹了口气："下一个。"

"公主公主，我要为你弹唱一首歌。"

公主头都没抬："你是第 37 个弹唱的。"

"公主，这是我做的蛋糕。"

公主拧着漂亮的眉毛："我又不是招厨师。"

除了这些，还有送刀的，扔钱的，什么样的都有，可是公主都觉得没有新意。

卡尔是个穷小子，喜欢公主很久了，于是也去排队求爱，果不其然被撵了回来。

"什么创新求爱，就是挑有钱的呗。"卡尔的舅舅叼着烟，安慰道，"你也别太悲伤，赶明儿舅舅给你介绍个好的。"

"她才不拜金，我是真心喜欢公主的，再说啦，你天天和臭鱼烂虾打交道，要给我介绍皮皮虾吗？"卡尔摇了摇头。

舅舅迟疑了下，然后说："你是真的喜欢莉莉安公主，非她不娶吗？"

"对，非她不娶。"卡尔斩钉截铁地回答。

舅舅熄灭了烟，压低了声音："我那天打鱼的时候，捞到了条会说话的鱼。"

"啊！难道说，是童话故事里的那条小金鱼吗？"卡尔开心得飞了起来。

"不是，是条草鱼。"舅舅把他拉了回来。

“哦……”

“你别急，虽然这不是那条小金鱼，但说不准也有别的功能啊，人家最起码会说话。”舅舅继续说道，“来，咱俩去问问。”

到了舅舅家，卡尔看到那条鱼正在缸里游得欢快。

“草鱼草鱼，你能让公主爱上我吗？”

“不能。”草鱼吐了个泡。

“草鱼草鱼，你能把我变得富有吗？”

“不能。”草鱼不耐烦地回答。

“草鱼草鱼，你能让公主嫁给我吗？”

“不能。”草鱼都要翻白眼了。

“舅舅，我们把它炖了吧。”

“能能能！你这孩子，咋这么暴躁呢。”草鱼吓得一激灵，“说吧，什么事？”

“我想要追公主，你有什么创新的方法吗？”

草鱼想了想，说：“你明天去排队，到你的时候，你就开始放心大胆地告白，怎么肉麻怎么来。”

“这能行吗……”

“相信我。”

于是，卡尔早早就去排了队，结果告白诗念了一半就被扔了出来。

草鱼听卡尔讲完经过，说：“明天再去排队，要比今天还肉麻。”

第二天，卡尔依旧早早就去排队，读了首极其肉麻的爱情诗，结果又被扔了出来。

草鱼听卡尔讲完经过，说：“明天再去排队，要比今天还肉麻。”

第三天，卡尔还是早早就去排了队，读了首更加肉麻的诗，结果被侍卫撵得鞋都丢了。

卡尔灰头土脸地回了家，垂头丧气地说：“这下可好，丢人丢得全国人民都认识我了，公主肯定记住我了，这可怎么办啊……”

草鱼听完，说：“你明天还要去，下一步这么做……”

第四天，卡尔穿着一身新衣服，头发梳得整整齐齐的，走到公主面前：“公主您好。”

“你怎么又来了……”公主嫌弃地说。

“我今天不是来向您求爱的，我是来向您告别的。”

“什么意思？”公主有点蒙了。

“请您等我三个月。”说完，卡尔就头也不回地走了。

公主习惯了卡尔每天来给自己念肉麻的情诗，他一下子离开了，自己还有点不适应。

三个月后，卡尔衣衫褴褛地回来了，头发乱糟糟的，脸上都是灰。

“公主，请嫁给我吧。”

“你去哪了？”

“我爱你，所以我没有径直走向你，而是朝着相反的方向远离你。”卡尔顿了顿，“我乘船航行到了离你最远的地方——地球的另一端，然后继续前行，绕了整整一圈后站到你面前。”

“为什么……”

“因为我是你最忠诚的追求者、追随者。即使你看到我离开了，我也不过是在用另一种方式接近你、保护你，消失在你的视线中，然后在背后默默拥抱你。”

公主感动极了，马上决定和卡尔结婚，因为他是最有新意的，也是最爱她的。

后来，这种“我喜欢你，但我要先离开你”的方式就在贵族圈里流行了起来，以至于后人在遇到喜欢的人时，第一反应还是想逃避。

对了，那只草鱼后来被放回了大海，闪了闪金光，然后消失不见了。

Question

文 / 明戈

女人为什么都喜欢说反话？

王子吻醒了白雪公主，告别七个小矮人，把公主带回到了自己国家，从此过上了幸福快乐的日子。

准确地说，是一段幸福快乐的日子。

“哎哟喂，这是你家？”白雪公主惊讶地捂住了嘴巴。

一望无际的荒原上，有一个摇摇欲坠的小破房。

“是啊，是我家。”王子解释道，“我唯一的家产就是这一大片地。”

“以为嫁了个富二代，没想到是丐帮帮主。”白雪公主嘟了嘟嘴，不情愿地摆弄着衣服，地上干枯的树枝划破了小矮人给她做的漂亮裙子。

王子一听这话不乐意了：“什么丐帮帮主，我有这么大一片地，到时候开发楼盘，我可就是房地产大佬。”

白雪公主一翻白眼：“就你盖的这小破房，倒给钱我都不买。”

王子也火了：“找架吵啊？还能不能过了？”

“不能过就离婚喽。”

于是，第一天两人就不欢而散。

殷素素说过，越漂亮的女人，吵架越厉害。白雪公主就是这样。

Round One

“你无情冷酷无理取闹！”王子咬着后槽牙。

“你尿急尿频尿不尽。”白雪公主嗑着瓜子跷着二郎腿。

王子，out。

Round Two

“矮、穷、蠢！”王子几乎要吐血。

“反弹。”公主拍了拍手，抖抖衣服上的瓜子皮。

王子，out。

Round Three

王子：“停！想我被气死啊？不比了！”

王子拿起钱袋子就出了门。

他前脚刚走，后脚就来了个老妇人。

“我亲爱的美人，帮我开下门好吗？”苍老的声音从门外传来。

“哦，我可怜的老婆婆，怎么了？”白雪公主连忙请她进来。

“我的上帝啊，你可真是个善良的好姑娘。来，我这里有个梨子，吃一口吧。”老婆婆从筐里拿出来了个晶莹剔透的梨。

“谢谢您，可我之前就是因为吃了一个婆婆的苹果被噎死了。”白雪公主婉言拒绝。

“傻孩子，我这又不是苹果。来，吃一口。”

白雪公主舔了舔嘴巴，没忍住，接过来咬了一口。

“哈哈哈哈我的小美人，你怎么还是这么蠢？”老婆婆撕掉面具，露出皇后的脸。

“你，你又想噎死我！”白雪公主吓了一跳，连忙吧唧吧唧嘴，可她发现梨子已经咽下去了。

“呵呵，你傻，我还跟着你傻啊？”皇后轻蔑地一笑，“我早就不用那种把戏了。这梨子被诅咒过，从现在开始你只能说反话。”

皇后看了看自己纤长的指甲，接着说：“听说你结婚了，送你个新婚礼物，祝你早日离婚变寡妇。”

说完，皇后就变成乌鸦飞走了。

王子在外面转了一圈，也反省了下自己的暴脾气，决定和公主认个错，然后好好过日子。

王子一推门，就看见公主叉着腰站着，顿时吓了一跳：坏了，还没消气呢。

“老公，你回来啦。”

王子又是一怔：这是抽风了？

公主也是一愣：本来要骂他的，语气怎么这么温柔。

王子试探地说：“老婆，我没买到你要的烤鱼，咱们晚上吃什么？”

“随便。”

公主心里这个难受啊，她本来要说就吃烤鱼，买不到别回来，结果说的这都是什么玩意。

王子心里也别扭：坏了，突然这么随和，我还是出去帮她买烤鱼吧。

这天，王子陪公主逛街，柜台里摆着一排新上的口红。

“我要这个和那个。”公主用手指点了点。

王子一摸钱袋：“老婆……咱家不是还有一大盒子嘛。”

“颜色不一样啊。”

“这……”王子犹豫了一下。

“好吧，我不要了。”

公主简直想咬舌自尽：我要啊！怎么就不要了！

王子惊得下巴都要掉了：公主竟然会察言观色体贴自己，有点感动啊……

“买。老婆要什么都买。”王子一咬牙。

刚出商场，外面就刮起了大风。王子裹紧了身上的披风，哆嗦着问白雪公主：“亲爱的，你冷不冷啊？”

“不冷，一点都不冷。”

白雪公主裹紧了单薄的衣服，心里骂翻了天：你看不出来我冷吗？反语害死人啊！

王子突然站住了，把身上的披风拿下来，披到了公主身上：“傻瓜，都冻成这样了，还逞强。”然后牵着公主往家走去。

公主也有点恍惚了，这皇后是来助攻的？

几年后，诅咒早过了保质期，可尝到甜头的白雪公主还是经常说反话。

白雪公主不光自己说，她还教给了闺蜜们。于是一传十，十传百，女人们便都喜欢说反话了。

Question

文 / 明戈

女人为什么都喜欢作？

女儿国里一片莺歌燕舞，到处洋溢着祥和的气息。

“诶，你快来看，这款口红出新色号了！好好看！疯狂种草！”

“这个月的银子要不够了，前两天刚买了粉底液。”

“哪天跟国王提提涨工资的事吧……”

“好啊好啊！”

姑娘们每天过得轻松无比，姐们几个聊聊八卦，喝喝下午茶，简直是好不快活。

相比之下，女王可就很愁了。

因为女儿国什么都好，烦就烦在大家的胆子都太小了。小到什么程度呢?

上周，城东的Vivian由于看到了一只蜘蛛，心脏病犯了。

昨天，城西的丽丽由于手指头出血，吓晕了过去。

这样的心理素质，拉低了王国的整体水平啊。女王也不是没想过办法，可基本上都以失败告终。

侍女看女王这么愁苦，便走上前询问。

“女王，你愁什么呢？”

“愁咱们胆子小呗，唉……”女王叹了一口气。

侍女想了想：“这个问题得问男人吧……他们的胆子都挺大的。”

“上哪儿找男的去？别忘了我们是在女儿国！”女王敲了下侍女的头。

“哎哟，您别打我啊，咱们可以摇一摇啊。”侍女拿出了手机。

女王一乐：“就你机灵。”

两人一顿狂摇，摇出了个叫“不羁美男子”的网友。

可爱的女王大大：你好。

不羁美男子：你好。

可爱的女王大大：你是个男的吗？

不羁美男子：你骂谁呢？

可爱的女王大大：不是不是，我就是正常问你的性别。

不羁美男子：是啊。怎么了？

可爱的女王大大：是这样的，我是个女孩子，胆子很小，请问怎么才能让胆子大点呢？

不羁美男子：我们男人胆子都挺大的，要不你试试变性吧。

女王气得直跺脚，差点砸了鼠标。但她还是稳住了自己的情绪。

可爱的女王大大：不好意思，医学条件不允许。

不羁美男子：要不你可以试试改变外观，向我们男性靠拢，比如留胡子什么的。

女王一琢磨，有道理，于是她开始动员全员种植胡子，培育体毛。

于是，女儿国里原本水灵灵胆子小的姑娘们，现在变成又糙又怂的女汉子们。

可爱的女王大大：不行呀，你这方法不管用。

不羁美男子：光外表像男人怎么行，你得生活习惯也向我们靠拢。

可爱的女王大大：比如？

不羁美男子：比如打游戏啊，看 NBA 啊之类的。

可爱的女王大大：好吧，我去试试。

新的方案一经推广，女儿国里漂亮的小姐姐们都不去研究美妆和护肤品了，而是每天不化妆不洗脸，上午看球赛直播，下午组队吃鸡。聊的也不是八卦明星，而是游戏技巧。

可女孩子毕竟是女孩子，更何况是胆子小的女儿国姑娘——好好的一款刺激的竞技类游戏，被生生玩成了“绝地求饶”和“绝地逢生”这样的养成类游戏，收集好装备，再整整齐齐地码成盒送给对手。而且因为游戏画面过于刺激，已经有好几个姑娘吓晕了。

女王这下子更愁了，大家胆子小的问题没解决，还都沉迷于游戏不工作了。

可爱的女王大大：跟你说实话吧，我其实是女儿国国王，想解决我国子民胆小的问题……你的建议我都试了，可并没有什么用。

不羁美男子：女儿国国王？这么大个事你倒是早说啊，我给你找我爸去，他肯定有办法。

可爱的女王大大：你父亲是？

不羁美男子：钟馗。

【系统消息】您已添加了“小妖精哪里跑 ”，现在可以开始聊天了。

小妖精哪里跑：你好啊美女。

可爱的女王大大：你好钟先生，请问有什么办法可以让胆子变大呢？

小眼睛哪里跑：作（为一个过来人，我负责地告诉你，这个是可以练出来的。）

可爱的女王大大：作？

小妖精哪里跑：（不是，我消息后半段没发出去）

【系统提示】消息发送失败

可爱的女王大大：钟先生您还在吗？

小妖精哪里跑：（我消息发不出去了……）

【系统提示】消息发送失败

可爱的女王大大：什么意思？

女王心想道，这个钟馗还真是惜字如金，就回了我一个字。可是这个“作”是什么意思呢？为什么要作呢？我也没见过这个字啊？女王百思不得其解。

晚上，女王做了一个梦，梦见“作”活了，它蹦啊蹦，突然摔了一跤，摔成两半，变成了“人”和“乍”，然后女王就醒了。

人和乍？女王思考着，人就是人……乍是鼓起（勇气）……突然她一拍大腿，这不就是让人乍着胆子的意思吗？

大师不愧是大师，一个字就点透了真谛！

女王这个开心啊，她赶紧跑到广播室，激动地动员起来："姑娘们！从今天起，我们都开始作！我们要爱上作，喜欢作，把作融入生命里！往死里作！"

国里的姑娘们都很懵，好好的非让我们作干啥？不过既然是女王的命令，那就作吧。

后来由于女儿国的姑娘太能作了，竟然生生给作亡国了。姑娘们四散到世界各地，又影响了别的姑娘，于是女人们就都喜欢作了。

Question

文 / 火柴人

为什么皮一下之后会很开心？

我是皮。

我兄弟姐妹也叫皮，我爸爸妈妈都叫皮。

你们人类认为自己是这颗星球上最有智慧的生物吗？

你们错了，我们才是。

我们从古至今，都寄生在人类身上，不需要担心食物的来源，只要吃人类浪费掉的食物就足够生存了。

由于省去了寻找食物的麻烦，我们在精神连接方面进化得非常迅速。

哦，提到进化，不得不提到我的曾曾祖父。

他也叫皮，为了区分，我们将宿主的名字冠于其上。

他叫达尔文皮。

达尔文皮很早就意识到所有生物都是在不断进化的，于是他在宿主达尔文身上进行了操控性精神连接。

那就是，在达尔文看到与进化相关的事物、书籍、史料时，达尔文皮就会分享给达尔文一个信号，即精神上的愉悦。

在达尔文皮的引导下，人类达尔文每每得到正确的结论，都会得到精神上的愉悦。

于是，我伟大的曾曾祖父达尔文皮指导着人类达尔文完成了著作《进化论》。

你们不相信？以为自己的医疗水平高超，可你们并没有发现我们皮的存在。

呵呵，可怜的人类。

听说过认知功能障碍症吗？认知功能障碍症有一个症状是失认，所谓失认，就是指脑损害时患者并无视觉、听觉、触觉、智能及意识障碍的情况下，不能通过某一种感觉辨认以往熟悉的物体，但能通过其他感觉通道进行认识。例如，当你看到手表而不知为何物时，通过触摸手表的外形或听表走动的声音，便可知其为手表。

我们寄生于人体，能够影响你们的精神，自然也可以对你们的大脑动些手脚。于是即使你们见到我们，摸到我们，也无法感知我们的存在。你们唯一可能做到的，就是在获得我们的认同后，得到我们的赏赐——也就是愉悦感。

我们皮也是分种族的。

在中国生活的皮，为了和你们肤色一致，便成了黄皮；在欧美生活的皮，则是白皮；而在非洲大陆上的，就是黑皮。

我曾曾祖父是白皮，后来就跟着中国人来到了东亚，渐渐地融入了黄皮的世界。到我这一代，已经看不出一点白皮的影子了，所以我也算是一正儿八经的黄皮。

白皮一直瞧不起我们黄皮还有黑皮，呵呵，最近还指使手下对付我们，我们表示奉陪到底。

最近我们皮中有些家伙似乎不甘寂寞，认为是皮站在人类社会背后，一手将人类打造成如今的模样，所以鼓动一些人类发出了这样的话：皮这一下，你很开心吗？

是否让你们开心，完全看我们开不开心，一般来说，看到你们犯傻，我们都很开心，就像养的狗突然躺倒在地上要给你摸肚子一样。当然，这是最低级的趣味。

大多数的皮，对于你们人类有更高的要求，这就像是望子成龙的父母对孩子的期望。

当我们看到你们学到了知识，我们很开心。

因为我们的精神与你们相连，能够感受你们的快乐。

当我们看到你们制造武器，我们不开心。

因为我们知道，狭隘的目光会让你们成为抢夺资源的恶魔。

然而我们无法改变太多。

我们曾经和你们共铸辉煌，一起为正义和道德而战斗。

而今，沉迷于享乐与物质的我们和你们，都停滞太久了。

如果我们以后也如此，皮文明将与人类文明一同衰亡。

追求知识，追求挑战，勇气将使我们更加强大。

Question

文 / 载卷行舟

为什么很多年轻人都迷恋动漫？

在高一那年的暑假，我曾经有幸被选中成为一部动漫的演员。

想必你要问了，动漫角色都是二次元人物，长相和身体比例都与现实生活中的人截然不同，最近也没看到什么动漫作品真人版的相关宣传，我是不是被人给骗了。

这个问题我可以负责任地回答，没有。

我没有被骗，而是实实在在地参演了一部动漫作品。

说到这个就不得不提一下动漫作品的创作方式了。

招聘我的公司是业内一家非常有名的公司，恕我不能透露公司的名字，我们姑且用面包公司来称呼它。

面包公司来找我的时候，我正和我的女朋友在奶茶店买奶茶，公司负责人直接找到了我，希望我能够参与他们公司的新项目。

实话实说，我的样子长得真的一般，满分一百的话，我顶多能拿五十分，这还是女朋友帮我放了水的分数。

所以负责人一开口，我就觉得他是个骗子，精英范的外表不能说明什么，现在的骗子一个比一个看上去靠谱，所以我一口回绝了他。

但是这位负责人很坚决，一定要把名片塞给我。

一张名片而已，拿不拿都一样，为了早点打发走他，我就随便塞进自己口袋里了。

和女朋友约会完之后，我去和朋友赶假期的作业，顺口说起了这件事。

朋友听了我的话还愣了好一会儿，他建议我打个电话去问一下。当时他的表情就不太对，回头我和他谈了谈，他说他早知道是怎么回事了，去年春天热播的那个《马猴烧酒绿茶》的男主就是那小子。

但是当时我还不知道是怎么回事，本着事情是真的话就是赚到，假的也就亏几毛钱的想法，给那个负责人打了个电话。

负责人相当认真地自我介绍，说他是面包公司的谁谁谁，他们公司有哪些作品，我还是觉得他是个骗子，但是编得还不错，就勉强再和他讲一两句。

最后他给了我个地址，让我拿着名片直接去十一楼找他。他给的直接就是面包公司总部大楼的地址，我到了地方以后，才晓得他说的是实话。

十一楼是那个负责人的办公室，我进去以后他和我简单讲了一下想让我去当动漫演员的要求，当时我的想法就和你们现在的想法一样，不知所措，欲言又止。

那位负责人直接把我领上了二十七楼，电梯门打开的时候我觉得自己要完了，二十七楼躺着好几排人，里面的医护人员正在给他们打营养液。

这怕不是个人体实验室，我自己吓自己，腿一下子就软了。

负责人和我讲这就是他说的“动漫角色扮演”，将人脑连接上全息设备，创造动漫人物形象，然后这个人就可以在整个故事里扮演角色，也不要求演技，就表现出自己应该有的反应就可以了，到了剧情关键点他们会提醒我一定要做的事情。+

我还犹豫了一下，然后他说一个月三千，我当下就点头答应了。

有人会问为什么不请明星，这么说吧，请我们这些普通人，一天一千块钱，请明星别说三千，三万恐怕都不够，而且明星们一般还是喜欢能够突出自己的工作吧，这种动漫人物播出的时候，是连脸都不露的。

还有人说一天只赚一百块，实在是太少了的，对你们来说一天三百块确实不算多，毕竟匿名区人人月入百万，一百块确实算不上什么，但是对我来说，那真的是人生中的第一笔完全靠自己得到的收入，或许不是很多，但是意义不同，就算后来赚再多的钱，第一份工资总是不一样的。

对了，我出演的那部动漫已经开始宣传，再过几个月就能上映了，你们很快就能看到了，也不用那么急着问是什么。

我呢，看到的比你们早一点，大概半年前就已经看过了。看到自己的角色出现在屏幕上的感觉真的挺神奇的。

我以前还觉得我的朋友有点太沉迷动漫了，这件事过去之后我才知道，这些动漫对别人来说是动漫，但对我们来说，是自己靠自己干出一番事业的证据。

Question

文 / 明戈

为什么我们会做梦？

在很久很久以前，有一个书生，姓梅，叫梅楟尚。

他可以说是血淋淋版名如其人的鼻祖了，为什么是血淋淋版的名如其人？因为把他的经历放到现在，相当于复读了八年的高三，结果还没考上大专。

梅楟尚看着自己的成绩单，陷入了和前七年一模一样的痛苦，痛苦到连私塾先生走到自己面前都没有发现。

“小尚啊。”先生温柔的声音从头顶传来。

梅楟尚抬起头，揉了揉眼泪汪汪的大眼睛，一瘪嘴，委屈巴巴地说：“先生……”

“别，别卖萌。”一股胃酸涌了上来。

“先生……我挺不好受的，读了这么多年，成绩还这么差，也没为你做过什么……”梅楟尚叹了口气。

先生拍了拍他的肩，安慰道：“别这么说，这八年，你都能凭着一己之力拉低整个学校的平均分，也挺不容易的。”

“嘤嘤嘤……”梅楟尚又哭了起来。

“我也没什么能教你的了，走吧，去别的地方走走看看，发现世界的美好，感受自然的气息，马不停蹄地，勇敢地去奔跑。”先生望着远方说道。

“先生，你说的是什么意思啊？”

“滚。”

梅楟尚背着行李走在山路上，垂头丧气的，不知道前路在何方。

当他回过神来，才发现自己早已走到山顶。前面云海翻腾，仙雾缭绕，如同仙境一般。

梅楟尚突然想起来有人说，每逢大雾，这山上便有高人。而高人出场，都是自带背景音乐的。

“确认过眼神，我遇上对的人……”

梅栲尚转过身去，只见一鹤发童颜的老者，着一袭白衣站在巨石上，目光深邃，如深潭之水。

“老先生，打扰了。请问你有没有办法让我高中状元啊？”

老者微微一笑，扔下来一张纸，掉进了云海里。

“为何扔掉？”

老者又是微微一笑，把另一张纸扔进了云海。

“我懂了，万般书径皆为空，只有扔掉书本上的知识，才能真正得到！”

“你就不能伸手接一下吗？我老花眼，根本不知道你在哪儿。”

梅栲尚赶紧伸手接过纸，只见上面写着一个大大的“梦”字。

“老先生，这是个什么字，我怎么没见过？”

老者摸了摸胡须，慢悠悠说道：“你当然没见过，这字念梦，是我新炼出来的。当你看到并念出这个字，你就能在睡着的时候做梦了。”

“此话怎讲？”

“当你身处其中，会像在真实世界中一样，你可以在其中做任何你最想做的事。但十分奇妙的是，知道梦的人越多，梦便越不受自己的控制。所以这件事，你最好不要告诉其他人。”

“好！”

自打这以后，梅栲尚便有了两倍的学习时间，白天能学，晚上睡觉的时候也可以学，而在梦中，效率似乎更高。

功夫不负有心人，这年，梅栲尚终于高中了状元。

他拿着通知书，正打算跑回到山上去谢谢老者，却在山脚下遇到一个姑娘，说她惊若翩鸿一点都不为过，右手正拿着一张纸细细端详着。

梅栲尚丢了魂一样地走上前。

“你可是今年的状元？”姑娘指了指他的通知书，继续说道，“请问这个字怎么念啊？林中有夕阳，好美啊。”

梅栲尚低头一看，这不是“梦”吗？估计是那老大爷扔下来的两张被捡到了。

可他这时候哪有工夫多想，只知美人有令，火海也得过，于是便老老实实说了。没想到姑娘对他也很有好感，两人还约了第二天见面。

可到了第二天，姑娘却没来。

梅栲尚十分失落，在回去的路上，路过一处村庄，村民都在讨论毕家小女，说是突然疯了，得了癔症，非说夜里去了另一个世界。

他远远一望，这毕姑娘不就是昨天的神仙小姐姐吗？眼看着众人要把她当成疯子赶走，让她一辈子别回来，梅梼尚怎么能忍，连忙冲上前去，向大家解释这是因为梦的缘故。

一个村民冷笑道："你当我们傻吗？什么梦不梦的，糊弄小孩子吗？"

梅梼尚一把掏出那张纸，伸到他的面前说："你今晚会做梦。"然后又伸到另一个人面前说："你今晚也会做梦。"

众人大惊，只当是他在施妖术，便抄起家伙要打他。梅梼尚赶紧拉起毕姑娘逃走了，躲到了之前那座仙山上。

后来梅梼尚向姑娘解释了梦的缘由，也放弃了朝廷的职位和状元的身份，和毕姑娘隐居在山上，过着幸福又快乐的生活。

梅梼尚不知道的是，后来毕姑娘的叔叔把梦字编进了小学教材。在新媒体的作用下，很快所有人就都会做梦了。而当所有人都不正常的时候，也就没有人认为这不正常了。

• WHY

深夜毒鸡汤

File Edit Image Layer Type

- 独来独往
- 减肥
- 害怕的事情
- 晚上不想睡
- 早上不想起
- 无聊

Question

文 / 明戈

为什么现代人晚上不想睡早上不想醒？

“看我梦境神拳！”一白胡子老头撸起袖子，亮出爪子冲了上去；对面另一白胡子老头见状大喝：“看我骄阳飞腿！”一只草鞋拖地而出。

二人你来我往，紧紧抓着对方的白胡子，唾沫星子漫天飞舞。正当二人僵持不下时，天空传来一声重重的哼声。

俩老头狠狠地白了对方一眼，连忙向上拱手，齐道：“参见天道大人。”

“你们二人身为秩序的维护者，为何如此不成体统？”天道声音里充斥着不满。

一老头说道：“大人，我身为魂使掌管着人类的夜间，可人类夜里睡觉时间明显短于白天，我不服！”

边上的老头也说道：“大人明鉴，我身为神使，掌管着人类的白天，而白天时间就是比晚上的长，这是您天道的规则，我何错之有？”

魂使撇撇嘴说：“就你能，有能耐你把夜里也接管过去啊，我倒落得清闲自在。”

“我管就我管，谁怕谁！”神使也不服地嘟囔着。

天道看着两个不着调的也感到头疼，思虑了一会：“从今往后，神使掌管人清醒时，魂使掌管人睡觉时，怎么掌管你们自行讨论。”天道说完隐去了身形。俩老头对视片刻，一甩袖子转身而去。

魂使回到府邸，一脸愁容，一帮幕僚见此纷纷询问因由，魂使叹了一口气说：“天道让我掌管人睡觉的时间，虽然现在是日出而作日落而息，但人醒着的时间还是更多一些，这可怎么办呢？”

一个幕僚进言道：“主人，你何不去遍访神仙，总会有好办法的。”

魂使想想也只有如此了，便离开府邸，先来到丰收大仙处。

说明来意后，丰收大仙说：“人嘛，吃饱了就想睡觉了，我可以让人间五谷丰登。”魂使连连说好，于是人间风调雨顺，粮食多得吃不完，人吃饱了后自然就饱极思困，魂使大感欣慰。

神使也察觉到他掌控的时间在变短，于是落到人间查看原因后，不屑地说："哼，小儿科。"

他找到舞乐娱乐司，用两颗醒神丹换取了乐器、歌舞、麻将、扑克等娱乐活动，并将它们输向了人间，于是人们在吃饱后不再睡觉，而是去寻找精神刺激了。

魂使本来还沉浸在打败神使的喜悦中，可他突然发现他掌管的时间条在逐渐缩短，不禁大感疑惑，看向人间，发现多了许多的歌厅、舞厅，人们吃饱后不再睡觉了。

魂使大怒，找到了功绩仙，讨教让人睡觉的办法，功绩仙说："我传你个美梦成真的法诀。"

魂使得到功法后，来到人间，发现一个叫门捷列夫的人，不论黑白地冥思苦想，魂使一首安眠曲，让门捷列夫进入了睡眠。

魂使将元素排列方式放入了门捷列夫的梦境，门捷列夫醒来后大呼："我明白了，我找到了！"于是元素周期表诞生了，门捷列夫的梦境成功法则也在人间广为流传，许多人在遇到不可解决的难题时，也效仿门捷列夫去睡觉，还别说，真就有那么几位成功了。而"想不明白就不要去想，睡一觉就好了"居然成了一条人间流行的法则。

神使知晓后也不知道该怎么办了，正巧幻仙来做客，听说后传了神使一套"黄粱一梦法诀"，神使如获至宝，将法诀散布到人间，人们发现只有睡觉时不再烦恼，可醒来后困难依旧，便不再相信梦想成真了，人们多了许多烦恼的时间，人间又多了一条"愁得无法入睡"法则。

神使和魂使争斗多年，给人间降下了许多新事物，增加了无数法则。

一天他们终于反应过来，求人不如求己，要想战胜对方还是要自身强大。

于是他们各自去拜师学艺，神使学到了许多精神刺激法，用于人身可让人的神经始终处于兴奋状态，魂使却只学到一招"神经休眠法"，可以让人处于睡眠恢复状态。神使为找到激发人的潜能的方法而雀跃，魂使为找到让人恢复身心状态的方法而沾沾自喜。

二使找到天道做公证人，要做一次公平对决，天道说："你们真要决斗就必须以灵魂决斗，现在这样可不行。"

二使立即灵魂离体展开攻击，你道高一尺，我魔高一丈。经年累月，到了现代还未分出胜负。

最后二使为了求胜，竟同时使出了破碎灵魂的攻击招数。顷刻间，尽是晶莹的粉末飘浮在空中，神使和魂使不见了。而后，粉末又重新凝聚，形成一个神魂结合体，摇摇晃晃地跌入人间，融入了人体。

后果就是现代人开始了神魂颠倒的生活，原本该魂使掌握的睡觉时间却被神使掌握，导致人们每天迟迟不能入睡；本该神使掌握的清醒时间，却被魂使所影响，以至于人们迟迟不愿醒来。

Question

文 / 周小凡

为什么下定决心减肥就更想吃东西?

“我没办法控制自己的食欲。”女孩将一颗草莓塞入口中，咀嚼了几下，然后开口小声说道。

男孩看着她，不说话。

“你也许在想，是我自控能力太弱，抵挡不了美食的诱惑。那你有没有想过，这世界上那么多人，有很多都丰衣足食，也明知道暴饮暴食有害健康，可为什么还是会继续吃下去呢？”

“让我来告诉你吧，食物其实都是有意识的。”

男孩嘴巴微张，显然是被这个答案惊到了。

女孩淡淡一笑：“当然了，这种所谓的意识和生物活着的时候存在的意识，是完全不一样的东西。你也知道，人类吃的东西都是有机物，绝大多数食品都是用活的动物或者植物制造而成的。无论是动物或者植物，其实自身都拥有意识，只不过是弱和强的区别而已。在它们死去的瞬间，都会有一部分意识留存下来，残留在它们的躯体之上。用非科学的语言来说，这些残留的意识，可以说是动植物们死去时的怨念。”

男孩点点头，示意自己能听明白。

“每个人都要吃东西，为了生存，这是最基本的，或者，为了满足自己的食欲。”女孩这么说着，又拿起一块饼干放入口中咀嚼，“当我们吃下食物的时候，一般来说我们认为食物会在肠胃中分解，然后变成能量，供给到我们的全身。可是实际上，我们消化的不过是食物们的躯壳，那它们的意识呢？它们到底去了哪里？”

男孩露出疑惑的表情。

“它们并没有消失。躯壳很容易被胃液分解，但是意识还会留在我们的身体里。这些食物的意识，在进入肠胃以后，就会通过一些契机，慢慢地渗入到血液之中，然后顺着血液一直流淌，最后流到我们的心脏和大脑里。当然了，因为人是万物之灵，我们的意识比其他物种要强大太多，更别说这些微小的意识了。”

男孩终于说话了：“那它们会怎么样呢？”

“千万别小看这些意识。我们的食物中经常会有一些有害物质，但是人体能够自我调节，通过肾脏将这些有害物质排出。可是意识无法被排出，它们就像一种精神毒素，在我们的意识中心不断累积。我们的大脑当然不会闲着，会自主和这些意识进行斗争，用更加强大的意识，去消化这些微弱的意识。”

男孩点头。

“只要你保持正常饮食，你的意识就能够和它们进行对抗，使你的精神维持在一个正常的程度。但如果你过于暴饮暴食，体重超过了一定的比例，所摄入的食物意识也会过多，这些意识会汇聚在一起。这样的人，有极少数的一部分，他们的意识会被食物控制，所以无法停止进食，不断地吃下去，直到死亡为止。”

男孩的表情有些害怕。

“但是你不必担心，我是不会这样的，我离暴饮暴食还早得很呢。”女孩说着，双手比了比自己还算纤细的腰肢，“不过这并不代表那些正常饮食的人就不会受到食物意识的影响。实际上现代人摄入的食物，比起过去是要多了很多倍，大多数人的饮食都是超标的。但很可惜的是，人类的精神力其实在不断退步，因为我们的生活太过安逸，并没有什么磨难。”

男孩点头表示同意。

“所以绝大多数的现代人，已经在不知不觉中，吸收了过量的食物意识。这些食物的意识就像病毒一样，它们会想办法影响人的思维，让人们去摄入更多的食物。尤其是那些减肥的人，当一个人想要减肥时，食物们的意识就会感觉到危机，所以它们会加倍地释放意识能量，让这个人食欲大增，更想吃东西。”

男孩皱起眉头。

“你明白了吧。并不是我不想减肥，而是有这种看不见摸不着的力量，在慢慢控制着我，让我一想到减肥，就更想吃东西。”女孩发表最终观点。

男孩苦笑：“这就是你一个月吃了两千多块钱零食的理由？”

女孩把一块巧克力丢进嘴里，微微一笑：“是的！”

Question

文 / 明戈

人为什么会无聊？

在春秋时期，有个人叫苏绨，好远游，可以说是古代版的贝尔。

这天，苏绨在山上闲逛，忽然发现一条蜿蜒前行的小路。他好奇地沿着路往前走去，结果越走林子越密，树木越茂盛，枝叶繁茂得遮天蔽日，几乎透不进光来。

林间罩了层薄薄的雾，空气凉凉的，苏绨裹了裹身上的衣服。忽然，一道微弱的叫声从树后传来。

苏绨慢慢走过去，拨开草丛，一个大耳灰毛的活物正蜷在那里，仿佛是受了伤，身体微微颤抖着，发出痛苦的呻吟声。

苏绨把它抱起来细细端详了下，突然记起曾经在古籍中见过此物。

这是一种远古时期的神兽，名为“聊”，耳大而阔，形似芭蕉，额头圆鼓，近可听秋毫，远可闻千里，有点类似顺风耳。

为什么叫聊呢？“聊”左边为耳，即耳朵，听；右边为卯，意思是打开的大门。共工曾经用它来看门，所以起了个乳名叫聊。后来不知发生了什么变故，这种兽就不见了。

苏绨正心生疑惑，怎么会在这里见到聊，这小家伙却在他怀里扭了扭胖乎乎的身体，痛苦地轻哼了一声。苏绨四处检查了下，并没看到有什么伤口，便把它裹在衣服里带回了家。

他伺候了三天，可是小家伙却半点起色都没有，气息也越来越弱，时不时发出尖锐的哀鸣。

苏绨急得焦头烂额，却也没有办法。正在这时，苏绨的大姨妈来了。

大姨妈：好久没来你这看看了。

苏绨：瞧您这话说的，不是上个月刚来。

大姨妈：最近怎么样啊？

苏绨：挺好的，您来了就不怎么好了。

大姨妈："你这孩子，怎么说话呢？"

大姨妈话音刚落，一声尖叫从苏绨的卧室传出来。"

大姨妈："呦，这是怎么个情况啊？"

苏绨："没什么，没什么……"

大姨妈意味深长地看了苏绨一眼："强扭的瓜不甜，还是要慢慢来。"

苏绨："不是，您误会了……"

大姨妈："声音挺甜的啊，哪家的姑娘？"

屋内的叫声越来越急促。

大姨妈按捺不住八卦的心，猛地站起身来，不容苏绨阻拦，直接走进了卧室。

只见地上一片血迹，八个幼崽正蜷在地上，四处散落着残肢。

大姨妈一脸震惊："怎么回事？？？"

苏绨默默低下头："聊爆了。"

大姨妈好奇地走向前去，蹲下来看着这些小小聊。

"我怎么听到了隔壁王大妈说话？"大姨妈晃了晃自己的脑袋，以为自己幻听了，于是又往前凑了凑。

结果她发现自己越想听，越仔细听，听得越是清楚。

大姨妈虎躯一震："这是堆什么东西？"

苏绨解释道："这叫聊，听力极好，我那日上山偶然发现的。"

大姨妈喜上眉梢："发财了发财了，这些宝贝儿定能卖个好价钱。"

于是大姨妈自己留了一只，让苏绨也留了一只，把剩下六只全卖了出去。

苏绨家那只聊吃的是蛋奶，每日洗澡遛弯，却怎么也不长；大姨妈家那只吃的是白菜，每日被抱着听八卦，不出一个月便长得巨大无比，又生了十多只小小聊。

在这种增长趋势下，很快全城便人手一只聊，放在大门口，既可以看宅子，又可以听八卦。小偷们偷偷摸摸的耳语，邻居不怀好意的怨怼，情侣之间的悄悄话，都听得一清二楚。

说来也奇怪，当城里每个人都有聊的时候，聊就不再生小小聊了，只是单纯地变大，仿佛它出现的目的就是为了让城中人人都入手一只。

而自从有了听不完的八卦，大家也不干农活不做工了，每天一睁开眼就开始兴致勃勃地蹲在门口听。

很快，整座城就衰落了。聊被八卦养得脑满肠肥、硕大无比，人们一个个人心惶惶、面黄肌瘦。

苏绨发现有点不对劲了，聊是自己带回来的，而所有人都仿佛中了蛊一般，没人发现聊的出现正在毁灭这个城市。

他马上写信给皇上禀明此事，皇上知道后，立刻下令消灭所有的聊。人们不乐意了，纷纷表示抗议，皇上为了安抚群众，便给每家发放了两尊不怎么像聊的聊石像，也不允许大家把聊的故事告诉后代。

日子终于恢复了正常，人们开始日出而作日落而息，也逐渐不记得聊曾经出现过了。只是在百无聊赖的时候，会莫名感慨一句：无聊的日子，可真无聊啊。

你还别不信这个故事，不然你以为老宅子门口的石狮子是怎么来的?

Question

文 / 明戈

为什么很多外向的人却喜欢独来独往？

大壮自打出生起，就和村庄里的人一样，沉默寡言，安静内向。一方面是因为没什么娱乐活动，大家干完了农活就开始休息了；另外一方面是因为大家都是这个性格，所以大壮就也这样了。

有一天，大壮照例上山砍柴，结果一脚踩空，从崖顶上掉下去了。大壮边往下掉边哭："嘤嘤嘤，我连女孩子的手都没摸过。"

话音还没落，只听"轰隆"一声巨响。

"完了，我凉了。"大壮心里一紧，缩着脖子哆嗦了半天动都不敢动。

"躺够了没，还不下来了？"银铃般的女声从耳边传来。

大壮壮着胆子睁开了眼睛，他惊奇地发现自己并没有血溅崖底，而是被一个姑娘抱在怀里，姑娘面若桃花，明眸皓齿。

"哎呀，真不好意思。"大壮脸红得能滴出血来。他连忙翻身下来，由于腿软没站稳，还摔了个背朝天。

他站起来，拍了拍身上的灰："谢姑娘救命之恩。"说罢，拱了拱手。

"不客气，这都是我们四好青年应该做的。"姑娘眨了眨眼，又眯眼笑了起来。

大壮长这么大，哪见过这么好看的姑娘啊，简直像是被勾了魂去，连句话都说不出来了。

姑娘伸手在他面前摆了摆："喂，怎么了？"

"没事没事。"大壮这才发现自己看呆了眼，连忙转过头去。

"滴答，滴答。"大壮一低头，发现自己襟前都是血。

姑娘扑哧一笑，拿了手帕就堵到大壮鼻子上："要不要这么激动。"

好吧，更尴尬了……

"真是不好意思……我没见过妹子……更不用说你这么好看的……"大壮边说边流鼻血，眼前都有点发黑。

姑娘见大壮血流不止，连忙拉着他进了屋，唤了声师父。只见一个白胡子老头从屋里走了出来，看了眼大壮，伸出手指飞快地在大壮身上点了两下。

“指如疾风，势如闪电，这难道是葵花点穴手？”

“不，我在给你止血。”老头眼皮都没抬，“你再耽搁会儿都能把血排干。”说完就擦了擦手，转身离开了，嘴里还嘀咕着，“真是开眼了，没见过流鼻血能把自己流死的……”

“嘿嘿，别见怪，这师父是我新认的，性子烈了点。”姑娘不好意思地笑了笑。

由于缺了太多血，大壮身子很虚弱，所以没办法爬山回家，只能在这里暂住一段时间。

大壮感觉在这里住的几天，听到的笑声比自己这么多年听到的都多。姑娘像个小精灵一样，活泼好动，根本闲不住，拉着大壮聊天讲笑话侃大山，望向大壮的眼睛里有星星。

久而久之，大壮也和姑娘一样，变得外向起来，还时不时会和白胡子师父开开玩笑。大壮从来没这么笑过，也没说过这么多的话。

因为师父做的营养套餐配比十分科学，所以大壮的身体恢复得也不错。一转眼，大壮就要回家了。

“嘿，那个，你想不想和我回村子看看。”

姑娘眨了眨亮晶晶的眼睛：“好啊。”

师父欲哭无泪：所以我这么快就被抛弃了吗？

回到村子里，父母简直开心坏了，儿子变得健谈而开朗不说，还带回来了个貌美如花的姑娘。白天大壮在地里干活，边干活边跟邻居们侃大山讲段子，晚上回到家里吃饭，在饭桌上和姑娘聊天，逗得二老也合不拢嘴。

日子久了，整个村庄也一改原来沉闷的氛围，变得轻松而愉快。邻里常常互相走动，到处都是欢声笑语。

可这时怪事发生了，渐渐的，村民们都变得没精神起来，不论是干活还是在家里休息，都像丢了魂一样，很是虚弱，再后来，有的人直接晕倒在了菜地里。

这下子可吓坏了大家，如此大规模的疾病，估计是闹疫情了。

没晕倒的村民赶紧去找了大夫来给大家看病，可大夫挨家挨户看完后却说，大家身子都健康得很，一点事都没有。

这就奇了怪了，更奇怪的是，平日里寡言少语的，都没得病，话越多的，病得越重。

于是村民们便开始怀疑大壮了。大家都是祖辈待在村子里的，这么多年相安无事。怎么大壮带了个外人回来，性情大变后，大家就得上这怪病了？

而另一边，大壮也病倒了，卧床不起，而姑娘却一点事没有。于是大家纷纷找上门来，问到底是怎么回事，可姑娘只是抱着病倒的大壮哭，表示她也不清楚。

正当大家围住她想讨个说法的时候，白胡子师父突然出现了。

“乡亲们，邻居们，男士们，女士们，你们莫要着急，听我细细道来。”师父摸了摸白胡子，“其实生病的亲们只要自己一个人待一会儿就好了。”

众人一脸疑惑。

“人在转世投胎之前，对于那些有机缘的人来说，性格是可以选的。而对于普通人来说，性格默认值是内向，少言寡语。”

“虽然默认是内向，但有些人还是会后天养成开朗的性格，比如你们。而这时，维持开朗就需要用到积极粒子。这种粒子飘在空气中，肉眼是看不见的。必须要摄入足够的粒子，人才能很有活力，否则就是在透支身体。”

“周围人越少，粒子越多，可摄入的量就越多。”师父眯眼笑了笑，“所以很简单，大家只要每次热闹完，自己找个没人的地方多待一会儿，补充积极粒子就好了。”

“原来是这样啊……”大家恍然大悟，“可为什么这个妹子没事呢？”

“人家会武术，自然容量比你们大。”

“姑娘，真是对不起了。”村民们不好意思地道着歉，一转身正想谢谢这位白胡子师父，却发现他早已不见踪影，深藏功与名。

“姑娘，你可知这位老者是何方高人，常如此神出鬼没吗？”

“具体我也不清楚，只知道姓白名展堂。”

Question

文 / 周小凡

为什么害怕的事情很容易发生？

二十一世纪末，地球上发生了巨大的灾难。究竟是怎样的灾难，如今已经无从考证，大约是天灾导致了恐慌，又引发了全球性的世界大战。当时地球人口锐减了百分之九十，许多城市毁于一旦，整个地球千疮百孔。

从灾难中苏醒的人类，意识到了地球的环境已经不适合生存，一部分人开始着手向火星移民。然而当时的火星，只经过了初步的改造，并不适合数量过多的人类生存。当时地球上还剩下七亿人，但能够移民去火星的，最多只有一亿人。

那么留在地球的人们，应该如何生存下来呢？

当时的首席科学官，提出了“方舟计划”。这六亿人在地球上生存，需要消耗大量的资源，以目前地球的环境，显然是不够的。然而如果他们以沉睡的状态，生活在营养舱里，那么消耗的资源就会大幅减少。当时精神模拟技术已经十分成熟，这些人的肉体生活在营养舱，而精神则进入另一个完全拟真的世界。这个世界以二十一世纪初的地球为蓝本，那时地球的环境还算不错，适合人类生存，科学技术也在发展中。

为了避免进入方舟世界的人的精神出现不稳定的状态，所有人的记忆都会被清除，被植入虚拟世界内设定好的记忆。这个世界里，有六亿的地球遗民，剩下的全都是系统人工智能，它们可以和人类进行完美互动。在这里，所有的感觉都是真实的，发生的事情，也都遵循二十一世纪初的历史规律。如果有人在虚拟世界死亡，那么现实中的肉体也会死亡，培养舱会自动关闭，进入冷冻状态。

由于首席科学官是个游戏迷，所以他在构建世界的时候，加入了一些隐藏的游戏设定。

他在这个方舟世界，加入了大型 RPG 游戏的元素。在这个世界里，每一个地球遗民在生活中常常会遇到一些突发事件，这些事件其实就是启动任务的元素，只要他们能够完成任务，就可以获得奖励。所谓奖励，当然是方舟世界里的名和利，除此之外，还有方舟世界的奖励点数。奖励点数越高，未来火星建设完成时，他们前往火星居住的时间就越早。

当然了，生活在方舟世界里的人们，是不知道这些任务的存在的。他们只会觉得这不过是生活中的琐事，让他们觉得沮丧或是烦恼。而在方舟世界里，还有一个难度最高的隐藏任务，这个任务的奖励非常丰厚，但是完成条件也非常苛刻。

生活在方舟世界里的人，会慢慢地发现，自己越是害怕的事情，就越容易发生。其实这不是什么玄学，而是你的恐惧已经触发了隐藏任务。没错，你最害怕的事情，对你来说，恰恰就是难度最高的隐藏任务。绝大多数人都会选择逃避。然而只要你能够做出正确的处理，将事情导向最好的方向，任务也就算完成了，你就能够获得更多的任务奖励和点数。

而这个任务之所以难度大，是因为它不会只触发一次。这个任务往往会连续触发，只要你有了害怕的事情，任务就会被触发。当然，如果你能妥善处理，那么任务的奖励自然也是非常丰厚的。这些奖励，其实就是生活中所谓的“好结果”。

你看有些人遇到一些挫折，就变得越来越沮丧，生活也愈发糟糕起来；而有些人积极向上，即使面对挫折和困境，也总是在想办法挺过去，他们其实在不知不觉中，已经积攒了大量的奖励点数。

也许有一天，他们忽然就消失不见了。其实他们的数据，还留存在方舟世界里。而真实的他们已经离开了方舟世界，搭上了前往火星的飞船，即将开始一段全新的真实的生活。

而剩下的人呢？

他们的躯体，依旧躺在金属制的营养舱里，被营养液浸泡着，外面的世界是满目疮痍的地球，而他们一无所知。他们的意识依旧在方舟世界里，那个看起来一切都还很美好的时代，但是这个时代永远不会进步，只会到达某个时间节点之后，系统进行重启，所有人的生活和记忆，都重新开始。

这是方舟，也是牢笼。

• WHY

万物起源说

File Edit Image Layer Type

- 时钟
- 路灯
- 交通信号灯
- 烟花
- 玻璃
- wifi

Question

文 / 载卷行舟

为什么手表大多都是圆形？

1

容古抽卡之前先深呼吸了几十下，又深呼吸了几十下，才发现自己真的平静不下来。

他叹了口气，心想自己这次氪的金千万不要又打了水漂，他抖着手画了几下，然后一把捂住了眼。

南无阿弥陀佛阿门哈利路亚。

观音菩萨玉皇大帝如来佛祖耶和华太后老佛爷保佑我。

做足了心理建设，容古慢慢挪开了遮着眼睛的手指。

[嬴政]。

容古差点没惊喜得背过气去，当时就跑下十楼绕着小花园跑了三圈，一分钟不带歇地撒起腿飞一样冲上来。

事实证明他还是太年轻，或者说《战国》这款游戏在坑人方面又有了长足的进步。

[嬴政] 后面跟着一个 R，脚底下踩着一颗星。

容古从椅子上"哗"的一下坐到地上。

容古忍不住骂出声。

在这个给秦始皇管车马的中车府令都有机会爆出 SSR 的时代，嬴政作为千古一帝，居然就是个 R。

容古觉得就算是漂白剂也解救不了他印堂上环绕着的黑气，不晓得现在改行种香蕉还来不来得及。

[赵政（嬴政）] 激活。

容古眼睁睁看着召唤台上出现了一个面黄肌瘦的小少年，头上顶着个翠绿翠绿的 [嬴政]。

那个少年长得不错，就是瘦了些，阴郁了些，刚出现的时候警惕地扫了一眼周围，然后露出十分茫然的眼神。

[赵政] 开口就是一串流利的陕西话："你就是我的召唤者？"

《战国》这是在逗人玩儿？

秦始皇小时候在赵国当人质，就算有口音也不应该是这种陕西味儿啊。

2

即使这个秦始皇看上去挺让人失望的，但是男神出场，容古还是要供着的。

容古看着年少的爱豆，一边感慨一边围着他转悠。

按照时间来算，这个年龄段的赵政此时还未被吕不韦看上带回秦国，还只是被留在赵国的一个普普通通的质子。

《战国》这款游戏其实不能打怪也不能升级，就只是一种单纯的召唤类游戏，科研部门研究出的空间技术被很多行业沿用，其中就包括《战国》这款游戏。

《战国》链接了若干个平行空间，将平行宇宙和自己所在的宇宙融合的部分作为卖点，推出了卡牌类召唤游戏。

召唤出的人物其实不是事实上的"古人"，长相却是古人的样子，链接到平行空间之后，《战国》将平行宇宙中人物的信息复制下来，自行生成游戏数据，游戏中的人物长相和"古人"一模一样。

容古所看到的赵政，就是平行宇宙中赵政的投影。

此时的赵政还不是后来的秦始皇，身上没有一统天下的气势，反倒惊疑不定。容古最开始嫌弃的只是他爱豆居然是一张 R 卡，而不是嫌弃他爱豆本身。他只是替爱豆觉得委屈，即使眼前的赵政只是一个游戏人物，他也还是忍不住想把自己拥有的东西都塞给他。

3

《战国》这款游戏有个打赏系统，和从前的打赏不一样，从前游戏的打赏就是打赏给了游戏角色本身，而《战国》的公司领导本身就是个历史粉，为了满足自己对偶像的崇拜，他不仅链接上平行宇宙，而且还把工作人员留在了平行宇宙里。

正因为如此，这些打赏在被公司抽成之后，是可以通过工作人员的努力，进献或赠送给人物本体的。

容古充满热情地看着男神，开始精神百倍地整理打算寄给男神的东西。

为了维护平行宇宙时代的稳定，一般来说，是不允许打赏过于先进的东西的，容古也深知这一点，选择的都是些可以入口的东西。

但是这次容古整理东西的时候，不小心将手表掉了进去，他自己却没有意识到。

他的手表是机械手表，并不需要用到电池，加上检查包裹的工作人员当时有点溜号，容古“夹带”着的私货就已经被送了过去。

第二日赵政醒来，照例翻找仙人赠送的东西时，就看到了这块圆圆的手表。

他端详片刻，推测出这东西可以计时，甚好，就保留了下来。

而统一六国的始皇帝用的手表都是圆形的，其他人当然纷纷效仿。

Question

文 / 载卷行舟

为什么玻璃都是透明的？

1

玻璃已经在灵的世界待了几百年。

佛家总讲“万物皆有灵”，扫地不伤蝼蚁命，爱惜飞蛾纱罩灯，这话要说道理是有的，却不像常人理解的那样，而是指“每一种物都有其灵。”

灯有灯灵，书有书灵，玻璃当然也有个玻璃灵。

灵的世界极其无趣，玻璃灵住在灵界，又是个不惹人注意的存在，因此做灵的日子大多枯燥而乏味。

不过他最近的日子，倒是显而易见地有趣起来了。

出门的时候玻璃灵注意到别的灵的目光，带着三分好奇两分了然，还有不加掩饰的怜悯和同情，偶尔还有些幸灾乐祸的目光打量过来，让他十分不解。

玻璃沐浴在这样的目光里，总怀疑自己脸上是不是沾上了什么奇怪的东西。

但他知道是不可能的，灵是物的精神化形而成，本来也没有什么实体，自然不存在沾上东西的可能性。

思量再三，玻璃还是去找了电脑。

电脑的灵和书的灵都博闻广智，但自从十年前网络灵出现在灵的世界里，电脑和网络两相配合，彻底取代了书灵，得到了“无所不知”的名号。

电脑灵异常配合玻璃的询问，或者说电脑会配合每一个灵的询问，以此来讨好他人，完善他的“网络”。

2

查询过后，电脑的脸上也露出了和别的灵一样不可置信的表情，玻璃摸着鼻子等他笑完，方问道：“究竟是怎么回事，你该告诉我了吧。”

“你看看自己是个什么颜色？”电脑笑道。

玻璃坦然道：“绿色啊。”

玻璃本身带着青翠的绿色，在阳光下样子极为好看，因此化形成人以后，从头到脚也都是绿色。

他自己不觉得有哪里不对劲，因此态度落落大方。

但电脑看他这样却更想要笑出声了："那你知道绿色是什么意思吗？"

玻璃记得上次遇到红绿灯的时候曾经问过这个问题，他将答案说给电脑听，语气自然而正经："就是勃勃生机和自然之色。"

电脑终于没有克制住，再次爆发出一阵剧烈的哈哈声。

"绿色，就是原谅色啊哈哈哈哈哈哈。"电脑道。

玻璃没能明白电脑的意思，偏头看他。

电脑哈哈笑着解释："另一半背着你，和别人发展超出正常男女关系的感情以后，人们就说你被戴了绿帽子。"

玻璃知道这不是什么好话，但忍不住好奇："那为什么绿色是原谅色？"

电脑"啪"的一下甩了几十张表情包出来，表情包里的人物长相表情各异，只头顶一顶绿帽子和下面的配字是一样的。

玻璃定睛一看："当然是选择原谅她啊。"

这字配着图中人的表情，竟然也让玻璃感觉到几分无奈出来。

3

玻璃对自己究竟是什么颜色本来也没什么概念，但是对不经意之间成为别人的谈资这件事还是耿耿于怀。

他和电脑促膝长谈了许久，决定将自己洗白。

洗白之路任重而道远，因玻璃的绿并非绿在表面，而是由内而外的绿。

他每日都在冥思苦想，只求找到一个合适的配方，可以将他从原谅绿变成别的颜色。

这对玻璃来说不算难，因为玻璃对自己的构造足够了解，最让他纠结的反倒是究竟换一个什么颜色好。

据电脑的分析，现在的颜色都不只是颜色，还多了一层其他意思，就算从各种颜色中选出一个安全的，也不能保证将来这个颜色会不会被添加新的含义。

最终玻璃拍板选择了透明，一方面，透明色只需要将绿色洗掉而不需要添加别的颜色，简单方便；另一方面，透明色其实也没有一个具体的颜色，关于颜色的梗也很难作用到透明上来。

玻璃灵作为玻璃的灵，他发生了变化，必然影响到物质世界里切实存在的玻璃，因此物质世界中的玻璃也就变成了彻底的透明色调。

假如现在有人有闲暇去观察一片很厚的玻璃，会发现厚玻璃往往会带一点绿色，这是玻璃曾经是“原谅色”的证明，他“洗白”的技巧并不算是完美。

Question

文 / 载卷行舟

为什么时钟都是顺时针旋转？

1

“夸父没能够追得上太阳，这是洪荒毋庸置疑的一件事情，他像是不知疲倦一样每日朝着太阳奔跑，自东向西，晚上又狂奔回去，等待着太阳再次升起。

这举动实在太反常，以至于有一群人每天围在一起偷偷八卦：夸父这个人，怕不是暗恋太阳。

但夸父知道并非如此。

他确实有暗恋的人，但那个人却不是太阳，而是月女。

月女并非月亮的精灵，但她却像月亮一样，唯有靠着太阳的光亮才能勉强维持生命，而太阳日日东升西落，月女不能一直沐浴在阳光之下，身体日渐衰弱。

夸父深爱她，不忍见她就此衰弱下去，于是将她背起来奔向太阳。

然而人力有时尽，夸父的身体忍受不了日日奔赴的辛苦，也衰竭下去，终于有一日死在了太阳的光里。

月女也渐渐死去。”

2

江末写下最后一个字，又将这故事通读了一遍，自觉是个凄美的好故事，不由得沾沾自喜。

她虽然有些自满，但也是颇有水平的，她写话本才不过三年，就已经在圈子里小有名气了。

她将写好的稿子整理好，摆成一沓放在面前的桌上，等着书社来取。

若干年前，江湖上曾经出现过一位神人，这位前辈因为特别关注八卦，特地创办八卦刊，刊物中罗列名人的八卦轶事，在当时颇受欢迎。

那位前辈死后，八卦社并未衰落，反倒开拓了新的方向，朝着故事性刊物的方向发展。

江末的话本，就是为八卦社写的。

3

这故事印成书籍发售之后，不出意外果然大火，江末这个名字本来就是文章水准的保证，而这篇文章又改编自人们耳熟能详的“夸父逐日”故事，能吸引到读者是很自然的事情。

江末的名声也随着八卦社新刊的贩售而水涨船高。

江末正挨个给来信的读者回复的时候，八卦社的社长找到她，打算和她商量一件事。

江末一翻白眼，熟门熟路道：“改结局是不可能的。”

社长手往下一压，嗔怪道：“谁和你说这事儿啊。”

江末奇道：“那你找我还能有别的事儿？”

“要不然呢？”社长道，“有好事儿我都是先想着你的。”

江末摆摆手，心里却不以为意。

社长捻一捻手指头，道：“周边啊，这可是大赚。”

江末附和着点头，这倒勉强算得上是一桩好事情：“哪篇的周边？”

“就那篇夸父的。”社长说着说着走到门边，拉开门放进来一个人。

4

江末定睛一看，还是个熟人，这人是江湖上颇有名号的一位机关师，制造的机关傀儡巧夺天工。

机关师见着江末，先是一笑，然后就忍不住挖苦：“您也有用得上我的一天啊。”

江末道：“这关我什么事儿啊，要怪你得怪那个牵线搭桥的。”说着白了社长一眼。

八卦社的社长给俩人挨个赔了个笑，从手里拿出个小小的东西来。

这东西运作的时候滴滴答答，还有些响动，江末细细观察，才看到它水晶的面里，一个细细的针上缀着个奔跑样子的小人。

“这是夸父。”社长解释道。

江末的眼珠子瞪得更大，她两只手将它捧到眼前细细观察着，只觉得鬼斧神工。

“夸父走过的方向就按照太阳的方向做的，下面的格子可以丈量时间，夸父走过一个格子，就是我们的时间度过一个时辰。”机关师讲到一半突然害羞起来，道，“你可以为它取个名字。”

江末掀起眼皮看这个难得服软的前男友，调笑道：“那就叫他时钟吧。”

本名为钟时的机关师脸又红起来。

5

“时钟”这个周边并没有成为畅销货，因其成本太高，制作太精密，定价也不是常人能负担得起的。

只有一家人出手买了“时钟”，将它存到自己家的府库中。

Question

文 / 载卷行舟

为什么交通信号灯是红绿黄这三种颜色？

1

皇帝没登基时是个十分想戴花的皇子，登基以后成了一个十分想戴花的皇帝。

皇帝一般都是喜欢干什么就干什么的，于是他彻底放飞自我，真的把各色的鲜花插在自己脑袋上。

普通臣子上朝的时候不敢直视天颜，看不到皇帝脑袋上的花，这时候皇帝往往就比较清静。

只有他的好兄弟——一位封号特别长的将军，见到他的时候像以前一样，先来一个拥抱，之后再抬起头看皇帝。

第一眼看到皇帝的脸，第二眼看到皇帝的花。

每次看到花，将军就忍不住提一提："陛下，簪花这差不多是宋朝的风气了，我们大兆的朝民，普遍都觉得这个行为有点不妥。"

皇帝就问将军："宋朝是什么时候？"

将军一拍脑袋瓜子："我们这个朝代是架空的，根本没有宋朝。"

皇帝看了看将军，又"呵呵"一声，十分高贵冷艳。

将军连个屁都不敢放。

2

皇帝从小就很爱戴花，也很会打架。

前后两个半句是因果关系。

没有小男生会和一个戴着花的男孩子玩的，哪怕这个男孩子是未来皇帝。

医馆的医生断言，这是种病，不治之症。

虽然皇帝他爹并不理会这个庸医，但是玩在一起的小萝卜头没大人管，难免口无遮拦。

小萝卜头们歧视皇帝戴花，皇帝抡起拳头就是揍，一揍一个准。

每次皇帝抡完拳头以后“哼哼”两句，小萝卜头们就用敬畏的目光看着他，眼神如同见了他们爸爸。

从此皇帝在太学无人敢惹。

3

熊孩子们的真爸爸觉得这个小孩每天打人，一定不是好小孩，当了皇帝八成也是个暴君，就每天跪在御书房门口，请废太子。

皇帝他爹就很糟心了，好不容易选出一个太子你们还不满意，你们知道朕一个选择恐惧症有多努力吗？拖出去二十大板。

而且朕就这么一根独苗！

大臣们普遍觉得这个国家要完，具体表现在皇帝他爹非说自己的独生子当太子是选出来的，这八成是疯了。

然而一个国家其实不是那么容易灭亡的。

只要有口饭吃，谁都不会闲着没事想着搞破坏。

至少到皇帝登基的时候，这个国家还算太平，勉强还能算半个盛世。

臣子们每天操心的都是皇帝戴花的问题和他的私生活。

4

皇帝：王法有规定朕不能戴花吗？

臣子们答不上来，就开始举例子：陛下你看本朝往前推三百年都没有一个皇帝戴花的。

皇帝说，别的皇帝都不统一六国，始皇帝做了他们没做过的事情就是对；别的皇帝不戴花，朕也做他们不做的事情，就是错了吗？

于是臣子说皇帝冥顽不灵，不听谏言，果然是个暴君，有几个自以为有气节的臣子照着柱子就撞过去了。

皇帝见这场景受了刺激，去找他的兄弟将军诉苦。

他一直不觉得自己戴花是什么错，然而每一个见到他的人都说这不该是皇帝所为。

将军附和，这确实不是皇帝所为。

皇帝不以为然，朕是皇帝，朕所为就是皇帝所为了。

将军也不知道该说什么话，他看皇帝穿着明黄色的龙袍，头上簪着艳红的花，花上又缀着几片绿叶，模样俊朗，甚是好看。

他有些犹豫了。

5

然而野心是拦不住的，将军到底是反了，用的理由是皇帝暴虐，残害忠良。

他率兵攻入王城的时候，皇帝坐在龙椅上，面前摆满了艳红的花。

将军最后一次对皇帝行臣子之礼，膝行至御座之前，拜了三下。

他抬起头看见的，先是皇帝明黄色的龙袍，是天威难测，然后才是皇帝脑袋上的花。皇帝只戴红花，且红花必须要缀着几片绿叶，诸多色彩交叠在一起，只显得皇帝更加俊朗。

按照常理，若有篡逆之事，后来的君主要么将当初的皇帝囚禁起来，要么直接杀死，但将军什么都没有做，反倒是亲手为皇帝戴了一朵大红色的花，将他送出了宫门。

之后篡位的将军又颁布了一条诏令，是说倘若遇穿黄衣、戴红花绿叶的人，就退让开来。

Question

文 / 载卷行舟

为什么手机需要 WiFi？

1

手机孤独症是这几年来手机医学界的热门课题。

自从手机植入情感模块以来，手机的各种病症层出不穷，从因为机主只用手机处理公事不注重手机内芯而引起的手机忧郁症，到因为机主过于爱玩游戏手不释机引起的过劳型手机焦虑症，林林总总桩桩件件，让手机医院的医生们大开眼界。手机孤独症则是这些手机疾病中，难以攻克的一块铁板。

手机忧郁症和手机焦虑症都可以通过机主对手机的使用方式改变，但手机孤独症，至今还没有治愈的先例。

2

吴先生的手机罹患手机孤独症，据说将被销毁。吴先生的同事们都一边唏嘘一边安慰着吴先生，情真意切。

原因无他，自从吴先生的手机有手机孤独症的征兆以来，吴先生和他的同事饱受手机的折腾。

听筒里总是没有声音，电话打一半直接挂掉，短信发不出去，微信消息经常是一堆乱码，极大地影响了他们单位的工作效率。作为同事，他们早希望吴先生换一台手机了。

但吴先生死活不同意，他一直使用这台手机，多次升级也没有更换情感模块，早已经和手机有了感情。他认为手机孤独症和人类的孤独症类似，只要怀着爱使用手机，这病早晚会被治愈的。

同事们不置可否。

3

吴先生这么执着也是有原因的。

他曾经有一个患了自闭症的儿子，但儿子小的时候因为公司刚起步，岗位上离不了吴先生这样的技术人才，吴先生难免对儿子有些疏忽。因此儿子的孤独症愈演愈烈，一开始只是沉浸在自己的世界里不接受外面的消息，发展到后来开始伤害自己，吴先生一直忙于事业，没能注意到儿子的不对劲，直到他最终死去。

吴先生后悔莫及。

从此吴先生对孤独症有了心结，他试图了解孤独症的相关知识，不间断地给相关公益组织捐款，但心结一直没解开。

这次吴先生的手机也被查出了孤独症，吴先生在手机医院里听医生下诊断书，一边听一边比较人类和手机的孤独症，竟发现了两者之间有很多相似点。

他因此想起了自己的儿子。

4

吴先生给自己的手机取名为小华，是为了纪念自己的儿子，儿子小华患孤独症的时候，吴先生没来得及阻止，手机小华的孤独症，吴先生无论如何也不会放弃。

他计划着带小华出去旅游，让小华感受世界的广大。

吴先生想得很美，但他忽略了一个问题，那就是小华其实是一台手机。吴先生选用的办法对人类或许是有用的，但对于手机则收效甚微。

同样一片海洋，人类觉得波澜壮阔心潮澎湃，手机却只能看到海洋的样子，在他们看来最美的是数据流上下活动，而不是什么碧海蓝天。

因此小华的病情一直没什么好转，反倒更加严重了。

5

这时候吴先生遇到一位病友。

病友也是一位手机患有孤独症的机主，不愿意将手机返厂销毁，四处寻找解决办法。

他们了解了彼此的情况之后在海滩上互倒苦水，分享手机患上孤独症以来自己经历的事情，悲从中来，抱头痛哭。

只顾着自己哭的两个人没注意到他们手机的蓝牙开着，两台手机也背着主人悄悄联系上了对方。

6

回到房间之后，吴先生诧异地发现自己的手机情况竟然好了很多，他玩了三局消消乐，竟然一直没有出现什么问题。

再次聊天的时候吴先生难免带着骄傲和病友炫耀了自己手机的好转，岂料病友那边也是一样的情况。

这样的反常引起了吴先生的注意，他和病友拿着自己的手机各自观察，终于发现了蓝牙处亮着的图标。

两台手机交流得十分愉快。

7

吴先生和病友商量过后，将这个数据提交给了手机医院，手机医院紧锣密鼓加班加点地研究，终于找到了问题所在。

报告显示，手机不仅需要机主与手机之间的人机交流，也需要手机与手机之间的机机交流，只有手机的社交需求达到满足，才能解决手机们的情感问题。

而手机之间的交流，就是通过蓝牙来完成的。

但手机医院的研究机构同样也提出了手机的“社交”不可能只围绕另一台手机，因此相对应地研究出了配套的“社交工具”——WiFi。

手机通过WiFi连网，可以自由地在“聊天室”内和别的手机进行交流，通过交流，治愈手机孤独症。

Question

文 / 载卷行舟

为什么烟火会有不一样的颜色？

1

牛郎——牛家庄飞出来的金凤凰，举世闻名的材料工程师。

他不知道打哪儿听来了天衣无缝的传说，觉得人间的纺织技术可能会极有发展前景，每天茶饭不思，只想着见上一眼传说中的天衣，研究它的成分，为国家做贡献。

牛郎的牛，是头很有责任心的牛。

牛郎每天都不开心，不开心的话就不去种地，不种地的话牛就不能耕地。一头不能耕地的牛是没有前途的。

要知道法律只保护耕牛，不能耕地的牛十有八九会被杀了吃肉。

老牛就去找他曾经一起吃过草的小伙伴寻求帮助。

小伙伴："下个月天帝的女儿会下凡来洗澡，你可以带着牛郎去看一眼她们的衣服。"

老牛："天界都没有澡堂的吗？你们天上的神仙真惨。"

回到牛家庄，老牛把这事告诉了牛郎，牛郎顿时精神一振。

新材料的开发指日可待。

牛郎高兴得带着老牛犁了三亩地。

2

转眼就到了下个月。

牛郎穿好迷彩服，在身前插了两苗灌木，一边念叨着非礼勿视一边盯着草地，耐心等着仙女下凡。

果不其然，仙女一个一个脱了衣服跳进水里。

牛郎瞅准一件衣服，瞬间发力，抱起来就往树林跑。跑了几步实在忍不住好奇心了，把衣服展开来看。

连连惊叹。

果然是人间科技难以触及的领域。

织女作为一个十米以外人畜不分的高度近视，洗完澡摸到岸上，却找不到自己的衣服。

顿时姑娘慌了。

这件衣服是艾欧维斯的当季限量款，她还没有跟小姐妹炫耀就丢了，真的好亏。

牛郎正专心致志地感受着衣服的材质，突然听到一个女孩子的哭声。

他顺口就问发生了什么事。

织女："我的衣服找不到了。"

牛郎："那个，衣服是我拿的。"

织女："那你还不把衣服还给我！"

牛郎："我就是想开发新的材料，这个衣服我裁大约二十平方厘米作为样本就够了，等我裁完马上还给你。"

织女："不不不，有话好好说，你别动手，这衣服是我新买的限量款，你要是想要的话我回天界以后给你买一件普通款带过来好不好？"

牛郎："普通款也是一样的吗？"

织女："是的呀是的呀。"

牛郎与织女结成了暂时的代购关系。"

3

织女下凡来搞代购的时候，一头撞到了牛郎家的牛肚子上。牛肚子柔软，但是脏，织女心里无比嫌弃。

但她本着顾客就是天帝的服务态度，还是勉强挤了个笑出来。

然而她当顾客是天帝，顾客却早已经转职，牛郎的研究方向从天衣换到了爆竹上，想要通过研究烟花爆竹发家致富。

织女花光自己的零花钱找小姐妹收购了一整间房子的衣服，当初信誓旦旦说要买衣服的牛郎却单方面毁约，织女气到爆炸。

她策划着报复牛郎，让他身败名裂。

织女是织天上风光的仙女，天上的霞光自然也在她的负责范围之内，在确定牛郎毁约的当天，织女架起纺织机，手上梭子飞舞，将一个个字织到了人间的夜空中。

当夜，人间的每个人都看到织女对牛郎的谴责。

“淅川丹阳，淅川丹阳，牛郎的实验室倒闭了！

老板牛郎，带着他的老牛跑了！

牛郎，你还我血汗钱！！”

这几个字虽然笔画过于僵硬，但整片映在夜空之上，流光溢彩，煞是漂亮，吸引了不少人的注意力。

其中就包括一家烟火作坊的老板。

4

烟火作坊的老板颇有生意头脑，见了织女织就的流光溢彩的霞光，顿时觉得自己家中的烟火色彩单调，颇无趣味，想要与织女达成合作。

织女才折损了一大笔钱，心中满是赚钱的念头，老板供奉织女的时候将这个想法一说，两方顿时一拍即合。

于是约定以炮响为号，人间礼炮每响起一声，织女就在天上用霞光织一朵花出来，到时的收益双方五五分成。

织女自然点头同意，织成的霞光是可以重复使用的，她只需织几件成品出来便可，这个工作可以说是一本万利。

一朝被蛇咬，十年怕井绳。织女特地与烟火作坊的老板按照人间的规定签了契约，送去官府公证，才当作一桩事了，放下心来。

七彩霞光织就的烟花不但卖相好看，还天然无污染，很快成了人们年节的首选，逐渐取代了从前旧烟花的地位。

转业去研究爆竹的牛郎则因为行业的整体没落，并没有成功致富。

倒是织女，赚得盆满钵满。

Question

文 / 载卷行舟

路灯为什么多半是暖色调的？

1

幼玟近来心情算不上好，任谁被射落了九盏心爱的灯笼，心情都好不到哪里去。由于心情欠佳，他理所当然地拒绝每日到天上巡视，为人间带来光明。

他是天帝唯一的儿子，也算是天庭的太子，他偷懒不想工作，还真没人奈何得了他。

于是人间在十日齐出之后，又迎来了长久的黑夜。

当时的人们虽然已经有了火种，但是黑夜终究不利于作物的生长，曾经因救世之功而被选为族长的英雄大羿，仍然被推举出来负责解决这个问题。

大羿心里其实颇多疑惑，因为他射日时分明留了一个太阳在天上，不该发生这样的事情。但事实已经如此，他也无可奈何，只好再登上天梯，去向天帝求助。

大羿对天帝的印象非常不好，他第一次因十日齐出的事来谒见天帝时，天帝脸上挂着一副小孩子不懂事又胡闹的无奈样子，好像人间生灵涂炭对他来说只是孩子的恶作剧，根本算不了什么。

心怀天下的大羿最见不得这种态度，但两人身份差距太大，他也不能做什么。本来想着解决了十日之后自己躲在人间，眼不见心不烦，没曾想还要再走这一遭。

天帝批复着手中的公文，大羿到了御座之前，他甚至懒得抬头，只说了一句："带他到金乌宫去。"

天帝身后打着扇子的宫女将扇子交给另一个人，径自走了出去。

大羿跟在后面。

2

金乌宫中金碧辉煌，空气中都散发着灼人的热度。大羿身上的皮肤几乎被热脱了一层之后，带她来的宫女才想起来有这么一个人，给他施了个咒。

热度顿时消减，大羿苦笑一声，再次意识到凡人和这些神仙之间的差距。

他们正往内殿走，里面“蹬蹬蹬”跑出一个孩子：“姐姐今日来，是父亲终于要将灯笼赔给我了吗？”

宫女摇头，走开半步让大羿露出脸来：“陛下让我带他来见你。”

“带他来做什么？”那孩子不高兴道，“难道他会用金乌之火给我做灯笼吗？”

宫女不答话，后退几步，站定在墙边。

幼玟几步走到殿上的椅子旁，只留大羿一个人在那里。他流露出三分天宫太子的威严来：“父亲让你找我做什么？”

大羿竭尽全力让自己不跪下去，勉强将人间多日黑暗的事情讲给他听。

幼玟听罢点点头道：“知道了，那和我有什么关系？”

“长此以往，人类将不能延续。”大羿希望这位小太子能看在整个族群的份上，重新回到天上。

“你也会在乎蝼蚁的死活吗？”太子问道。

大羿张口结舌，答不出来。

天界的太子甚至没有表现出怒气，大羿却已经不知该回些什么。

良久，他才道：“人与蝼蚁，怎么能一样呢？”

“又有哪里不同？”幼玟听完这话回问他，却不等他回答便继续道，“我本来也只打算歇上一旬，你既然来找我，必然是希望我早些巡视。”

天上一日，人间一年，若真歇十年，又是另一场大灾祸了。大羿拜在地上道：“是。”

“也不是不可以。”幼玟道，“但父亲的弓箭射落了他送我的九盏灯笼，我如今想要更多的灯笼。”

许久没有出声的宫女突然道：“凡间污浊之物，怎么能带上天宫？”

大羿听得这句话，忍不住捏紧了拳头。

幼玟却颇赞同道：“你说得也有道理。”

“那就在人间的路上撑起灯笼，让我看到。”

“是。”大羿再拜三下，离开天宫回到了人间。

3

他心中仍有尊严，并不愿意让族中的人知道天界的神只将他们视作蝼蚁，就编了个故事说给众人。

只说太阳本来有十个兄弟，如今被他射死了九个，还有一个心中难过，因此不愿意出来。

又将破解的方法告知了他们："在每条路上都撑起九个灯笼，装作被射死的那些太阳，最后的太阳就会出来见他们的兄长。"

族中的人依着大羿教的方法，将灯笼立在路旁，远远看过去，光亮虽然比不上太阳，但却有几分相似。

第二日，幼玟果然依言飞上天空巡视人间，人们心下大定，路边的灯也再没有摘下来，长此以往，渐渐成为一种习惯。

因为先民在做灯笼时，极力效仿太阳，是以传到后世，路边的灯也仍然是暖色调的。

• WHY

自然备忘录

File Edit Image Layer Type

- 鸡蛋被拿走
- 野兽怕火
- 猪不能抬头
- 出淤泥而不染
- 十二生肖没有猫
- 猫被人舔
- 猪体型圆又粗

Question

文 / 明戈

为什么十二生肖里没有猫？

其实一开始，十二生肖里面是有猫的，它和剩下的十二个动物被称为十三生肖，在皇宫中为皇上看守他的十三座宫殿。

鼠看守一宫，牛看守二宫，以此类推，猫看守十三宫。

皇宫包吃包住包五险一金，这是签了劳务合同的。除了每月一次的例会，剩下的时间可以说是很悠闲。动物们经常互相走动，关系十分要好，但只有猫除外。

每次大家聚餐，猫都不参加。不仅不参加，还对它们这种聚会嗤之以鼻，觉得浪费时间，又毫无意义。

后来拗不过大家的执着邀请，猫就去了一次。

在自助餐厅里，鼠一直在往包里装只限堂食的水果，虎忙着喝酒吹牛，龙把吊顶水晶灯上的珠子扣下来玩，蛇在火锅汤里泡热水澡，猪就更厉害了，吃到餐厅经理都出来求它住嘴。

猫觉得太丢人了，连忙从窗户跑了。回宫路上，它觉得有点不对劲，背后仿佛有双眼睛一直盯着自己，一回头却又没人。

“奇了怪了……”猫嘀咕着，放慢了脚步。

“哎哟！这是谁的钱包？”猫故意大声喊了一句。

“我的！”一个稚嫩的童声从树后传来。

猫定睛一看，这不是个半大的娃娃吗？也就八九岁的样子，扎着两个小辫子，流着口水迈着小碎步急急忙忙地跑来。

“哪儿呢哪儿呢？”小孩眨着大眼睛，仔仔细细地在地上找。

猫乐了：“我骗你的，你个小屁孩，竟然这么贪财。”

小孩一嘟嘴，回答道：“我才没有，我这是在攒钱给爹爹治病。”

“嗯？你爹是谁？”

“李海。”小孩一脸自豪的神情。

猫回忆了下，宫里是有个李大臣。不过因为得了顽疾，已经很久没上朝了。

猫打量着眼前的小孩，虽说是官宦人家的孩子，衣服却是很旧，都有补丁了，但是洗得干干净净。

“对了，你跟着我干吗？”猫眯着漂亮的眼睛问道。

娃娃一咧嘴：“听说你可以吸！”

还没等猫回话，小人就扑过来抱住了自己。

“喂！放我下来！我可是十三宫侍卫！我不要面子的啊？！”猫龇牙咧嘴地挣扎着，“别，别流口水，大哥我求你了，别蹭我身上。”

娃娃开心地吸着猫，简直是喜爱极了。

猫却是惊恐地瞪大了眼睛，眼瞧着一串晶莹的哈喇子从小孩嘴角滴下来，只觉得背后一湿。

“天啊……”

猫彻底放弃了反抗。

这天是猫有生以来最受屈辱的一天。先是遭到了餐厅服务员的白眼，又被一个半大的娃娃在手上把玩了整整两个小时。但是猫不知道，这只是它噩梦的开始。

因为那天它不小心说漏了嘴，自己在十三宫，小孩隔三岔五就来找它玩。不，纠正一下，隔三岔五就来玩它。

猫有时候会跑到虎那里躲躲，可跑得了和尚跑不了庙，这娃娃的耐心出奇地好，就在宫门口守着等猫回来。

这天，猫都等到太阳落山了，才敢偷偷从后门溜回来。刚一进门，就被逮了个正着。

“我的天啊！”

猫吓得四腿一软，刚要跑，就听小孩在身后说：“我是来跟你告别的，我爸爸的病更重了，我以后可能不能再来找你玩了。”

猫刚要问他怎么回事，小孩伸出手，里面攥着一个团子。

“我最喜欢吃团子了，家里今天做了，给你拿来一个尝尝。”说完，他的肚子“咕噜”响了一下。

猫想：这孩子家里本来就没多少粮食，这团子怕是他一天的口粮吧。

“小孩你留着吃吧，我家里有吃的。”猫摇了摇头。

“不，你吃。”小孩执拗地说了一句。还不等猫再次拒绝，他就钻进殿后的密林跑走了。

从那以后，猫真的没再见过他。

三个月后，宫中突然出了大事。李海欲弑君，被满门抄斩。

猫听说后立刻慌了神，连忙悄悄跑到李海家。只见李家一片混乱，到处血流成河。

“小孩？小孩你在哪？”猫压低了声音到处寻找，也不知道他还活没活着。最后，它在侧房的床底下发现了他。

小孩的脸惨白惨白的，缩成一团蹲在那里，大大的眼睛里噙满了泪水。

“我爹是被冤枉的……”他豆大的泪珠噼里啪啦地掉落下来，“我娘说，是被另一个奸臣害了。”

猫心疼地帮他擦了擦眼泪，说：“走，我带你逃出去。”

可是猫就算再厉害，也抵不住那么多精兵，更何况它还带了个孩子。

最终二人被逼到了崖边，弓箭手躲在树后，对着小孩“嗖”的就是一箭。只见猫突然腾空而起，扑到了孩子面前，而那一箭直接没入猫的身体，然后连人带猫落下了悬崖。

那悬崖数十丈高，任谁掉下去都是粉身碎骨，官兵们觉得生还无望，便回宫复命了。

事情传回宫中，动物们都十分悲伤，可又不忍相信猫死了这个事实，就派狗出去寻找。果然，狗在崖底找到了小孩，他正在一个茅屋边晾小鱼干呢。

“小孩，你从崖顶掉下来怎么没死啊？”狗凑过去问道。

“猫咪变大了，抱着我掉下来的。”小孩头都没抬，认认真真地摆着鱼干。

“那猫呢？还活着吗？”

树顶一个声音传了下来。

“你这个蠢狗，我可是有九条命的。”

PS：如果你要问为什么皇上没再找个动物纳入十二生肖顶替猫，别忘了，兔可是两个人（“兔”谐音“two”）。

Question

文 / 明戈

为什么猪不能抬头看天？

“当天空变成如血的红色，整个部落都会陷入危险……”奶奶苍老的声音慢慢变轻，“睡吧，我的小可爱。”说罢她吻了吻玛德琳的额头，关上了台灯。

妹妹玛德琳和姐姐玛德丽都是听着这个传说长大的。据说，未来某一天天空会变得鲜红，然后落下腥臭黏腻的血雨，凡是这血雨浇过的地方都将会生灵涂炭。

玛德琳虽说是一直听奶奶这么讲，但从来都没相信过——天空一直是蓝蓝的，怎么可能变成血红色呢？这也太可笑了，即使是会魔法的姐姐也没法把整片天空变红呀。

没过多久，到了部落下任族长的加冕典礼，本来一开始的推选人是姐姐玛德丽，可部落里几个德高望重的老前辈都不同意，于是当场换成了妹妹玛德琳。

“长老，我妹妹的年纪太小了，她没法统率全族的。”玛德丽走上前说道。

“我们知道你才能出众，又有谋略，可对不起，你不适合做下任族长。”一位长老语意味深长地说，“有些时候，善良和正义要比才能珍贵得多。”

“您这是什么意思……”玛德丽正欲解释，“我……”

“就这么定了。”长老不容置疑地打断了她，并且将族长的权杖交给了玛德琳。

“好吧……我会尽力辅佐她。”玛德丽无奈地垂下头。

玛德琳活到现在，也就小学六年级的年纪。什么任重道远位高权重，在她这儿还没几个玻璃球有吸引力。所以加冕仪式刚刚结束，她就拿着权杖跑到林子里去玩了。

玛德琳拿着权杖东敲敲西点点，忽然，灌木丛里什么东西动了一下。她小心翼翼地拿着权杖戳了一下，结果权杖竟然变红了，就连顶端镶的那颗透明的钻石都变成了红宝石。

玛德琳吓得一哆嗦。

灌木叶抖了抖，一头漂亮的粉红色小猪钻了出来。

“你是谁？”

“我是小猪呀。”

“小猪……佩奇？”

“什么佩奇……”小猪一翻白眼，“我叫刚烈！”

“很高兴认识你。”玛德琳用手摸了摸小猪，却发现自己的手变红了。她吓得赶紧把手拿开，然后手就恢复了本来的颜色。

“好神奇！”玛德琳惊奇地赞叹道。

小猪嫌弃地咂了咂嘴：“干吗这么惊讶，没听过近猪者赤吗？”说罢，它呆呆地望向天空。

“你为什么要一直看着天啊？”

“我不知道父母是谁，听人说他们在天上，所以我孤单或者害怕时就喜欢望天。”小猪眨了眨亮晶晶的眼睛。

回家后，玛德琳和大家讲了这神奇的经历，可是没有一个人相信她，除了玛德丽。

第二天，当玛德琳再去树林里找小猪时，却发现它已经不在原来的地方了，而是躲在一个红色的地洞里瑟瑟发抖。

“你怎么了？”玛德琳问。

“有……有黑衣人抓我……”小猪指了指身上的伤口。

“快走，我带你回我家。我姐姐会魔法，可以帮你躲一阵。”

可是小猪由于太过害怕，情绪很不稳定，几乎是走到哪里染到哪里。到玛德琳家的时候，它把整栋房子都染红了。

“姐姐你快想想办法，这可怎么办，目标也太大了。”玛德琳从窗户缝里瞄向窗外，隐约能看到几道阴影正在靠近。

“你怎么知道这猪是好是坏？万一有什么不可告人的目的呢？”玛德丽冷冷地问。

“它是好人啊，姐姐你快帮帮它吧。”

玛德丽无奈地拿来一瓶药水：“马上喝了它，这个可以阻止变色。”

小猪喝了下去，房子真的恢复了本来的样子，靠近它的地方也不再变红了。

“呼……刚才真是太可怕了。”玛德琳长出一口气，又看了看窗外，黑影似乎消失了，“他们是什么人，怎么会追你啊？”

“不知道……我也没见过他们……”小猪低头看着地板。

突然，地板变红了。

玛德琳并没有看到变红的地板，反倒是发现那几个黑影正悄悄地钻回到小猪藏身的密林里。

正在这时，小猪站起来，看向玛德琳。

玛德琳也变红了。

玛德琳忽然懂了什么，连忙冲上前去捂住小猪的眼睛，大喊道："不要看天！"

可是已经来不及了，小猪的视线扫过了天空，并且牢牢盯着天空。

天空顷刻间变得如血染般，在它的注视下，还有愈演愈烈之势。天空中大团大团血色的乌云翻涌着滚动着，把整个大地都罩在一片血雾中。风越来越大，飞沙走石间都能闻到一股恶臭的气味。

"你把眼睛闭上！传说是真的！"玛德琳大声喊着。

"我没办法闭上眼睛，我移不开！"

"我就说它是有目的的……"玛德丽叹了口气。

玛德琳望向鲜红的天空，喃喃道："不管是不是，血雨都要来了。"

小猪突然伸手摸向旁边的桌子，抓起一把水果刀，向自己眼睛刺了过去。

渐渐的，天放晴了，血色的乌云散去，天蓝如洗。

看着疼到晕厥过去的小猪，玛德琳呆坐在地。

"我竟然没有算到这一步。"玛德丽冷笑道，"我付出了那么多，凭什么你当族长？这是你们欠我的！"

"姐姐……"

门外突然传来一阵骚乱，长老的侍卫破门而入，把玛德丽捉走了。至此，部落重新恢复了宁静。

后来，玛德琳学习了魔法，并用手杖上被染色的红宝石给小猪重新做了双眼睛，而小猪为了不再让部落陷入危机，也再没抬头看过天。

Question

文 / 明戈

鸡看到鸡蛋被拿走为什么不生气?

“卡。”导演的声音从远处传来。

小白脱下厚厚的戏服，擦了擦额头上的汗，和兔子一起欢欢喜喜地去领盒饭了。

小白是只鸡，最近正在拍一部叫《鸡无命》的武侠电影。听起来是不是很厉害?但事实是小白演的不是那只鸡，而是无命，也就是众多群演中的一个。

虽然戏份很少，工资也不多，但小白还是干得不亦乐乎。她最羡慕那种大英雄了，武功盖世，拯救世界于水火之中。

可现实是她什么也做不了，所以只能先尽力当群演，然后当主演，那样就可以在电影里演一个厉害的角色了，而且她现在和兔子跑龙套跑得也很充实很有成就感。

“呦，这不是传说中的鸡兔同笼吗?”狐狸戏谑的声音从背后传来。

“你是不是又来打小白的主意了?赶紧走!”兔子一下子蹦起来，拦到了狐狸面前。

“我不是打她的主意，是打她蛋的主意。”狐狸一本正经地纠正道，然后绕过兔子，径直走到小白面前。

小白正把脸埋在盒饭里装作什么都不知道，就感觉一堵墙向自己靠近过来。

狐狸把手撑到小白背后的墙上，几乎把她完全圈到自己怀里，热热的气息吐在小白耳畔，声音酥酥麻麻的:“能借两个蛋吗?最近新学了道葡式蛋挞，缺原料。”

还不等小白说话，兔子拉起她就跑了。

“你脸怎么这么红?”兔子关上家门，一脸狐疑地看着面泛春色的小白。

“没，没怎么。”

“天哪，你不会是喜欢上他了吧，这么狗血的吗?”兔子差点没吓掉大牙，“你是鸡，他是狐狸，不怕被吃到骨头都不剩?”

小白连忙否认:“我才没有。”

兔子不死心地继续问道:“真没有还是假没有?”

小白不说话了，她也不知道自己是不是喜欢狐狸。虽说狐狸平时嘴欠了点，还总说什么要借她的蛋，可事实是他不仅一次也没拿过，还在下雨的时候给自己拿伞，生病的时候给自己送药。

“哎哟喂，瞧瞧你这神情恍惚的，还说自己不喜欢他。”兔子打趣道。

小白的脸更红了，她没注意到兔子猩红的眼睛里划过一丝嫉妒。

这两天，告示牌上突然多出来一张纸：狼族侵扰北部边境，寻勇士帅将三千保家卫国。但所有人都只是来瞧瞧，没一个敢揭榜的。开玩笑，那可是狼族啊，分分钟能把人撕成碎片，百分之百是有去无还。

就在这时，狐狸却把告示揭了下来，他要出征远战。

小白听说后，连忙跑到狐狸家。

“为什么？”

“哪有那么多为什么，我是男子汉，要打仗保护家园，这是理所应当啊。”狐狸满不在乎地回答。

“可是你还能回来吗……”小白不安地用手指捏着衣角。

“怎么，你在担心我？”狐狸一脸坏笑，一步一步地靠近小白，把她逼到了墙角。

“才没有……”小白的声音小到自己都听不清。

狐狸突然长手一捞，把小白带入自己怀中，然后把头埋在她蓬松的羽毛里：“好香啊。”

“你。”小白僵直了身体，一动不敢动。

“有种烧鸡、叫花鸡、脆皮烤鸡和炸鸡的复合香气。”

小白气得掐了狐狸一把。

“小白，等我回来。”

可是小白不知道，三日前兔子去找狐狸了。他跟狐狸说，小白只喜欢那种能保家卫国的大英雄，最讨厌油嘴滑舌的人，如果想让小白喜欢自己，就要去打败狼族。小白更不知道，根本没有所谓三千良将，那张纸是兔子写的，就是为了让狐狸去送死。

小白每周都给狐狸写信，可是写着写着，狐狸就没有回音了。

她慌了神，连忙去找兔子，兔子看到小白失魂落魄的样子，便安慰她说，自己有朋友也在前线，狐狸很好，也没有死，前两日还嚷着要补身体吃鸡蛋呢。

小白听到后破涕为笑，连忙回家拿了满满一篮子的鸡蛋交给兔子，让他寄到前线去。兔子不忍心告诉她一切都是自己编的，只能满口答应下来，等小白走后才偷偷把蛋卖了换成钱，又悄悄放回到小白的储蓄罐里。

打那以后，小白每次下了蛋都十分开心，要围着蛋转好几圈，因为她知道，这些蛋会被拿到狐狸那里去，狐狸吃饱了就有力气打仗，打赢了就可以回家了。

她不知道的是，狐狸已经死了。

Question

文 / 明戈

为什么猪体脂率那么低，体型却那么圆又粗？

猪近来有点苦恼。

它的好朋友鸡和蛇都在研究自己的祖先，鸡说它的祖先是凤凰，蛇说它的祖先是龙，先不管是真是假，最起码他们都有祖先可研究讨论。

猪很疑惑，我的祖先是谁呢?

“我应该去问问别人。”猪琢磨着，背上了旅行小包。

它经过一片树林，遇到了蜘蛛。

“蜘蛛蜘蛛，我们名字很像，我和你是一个祖先吗?”猪仰着脸问道。

“你眼睛是装饰品吗? 你看咱俩哪儿像了?”蜘蛛伸了伸自己修长的腿，吐了几口洁白的丝。

猪看看自己粉红的身体，摇了摇头走开了。

猪继续往前走，经过了一片大草原，看到荷兰猪正趴在地里吃草。

“嘿！兄弟，我们是一个祖先吗?”

荷兰猪把头从草里抬起来，狐疑地看着眼前一脸期待的猪。

“额，是这样的。”荷兰猪擦了擦嘴，“我虽然叫荷兰猪，但我是啮齿目豚鼠科豚鼠属下的鼠类动物，和你差着十万八千里呢。”

猪很沮丧，道了声谢准备离开。

“欸，对了，你再往前走，有一只乌龟老爷爷，它活得久见得多，兴许可以帮到你。”荷兰猪叫住了猪。

“好的，谢谢你。”

猪走了小半个月，才找到荷兰猪说的乌龟老爷爷。

“老爷爷。”

“嘘。”乌龟比了个手势，“我正在练龟派气功，等我一小会儿。”

这一小会儿就是半年。

乌龟终于练好了，猪抖了抖身上的蜘蛛网，上前问道："老爷爷，请问您知道我的祖先是谁吗？"

乌龟缓缓吐出一口气，指了指东方："看到那座山了吗？你的祖先就在那里。"

"谢谢您。"

"慢着，你先别着急，这山可不是随便能爬的。"乌龟神秘地说，"你的祖先在山顶，受那酷雷之刑，整座山终日笼罩在雷的电光里。"

猪向那座山望去，果然是一副电闪雷鸣的样子。

"每日，那雷电之刑只会停止十分钟，也就意味着你要在十分钟之内上山下山，否则你就会变成一道名菜——烤乳猪。"

"听起来好难啊……"

"所以你要从现在开始锻炼，争取能早日达标，毕竟这关系到你的性命。"

"好的，龟爷爷。"猪励志地点了点头。

"对了，这是我一朋友开的健身馆，正在搞活动，提我打八折。"说罢，递过来一张名片。

"爷爷……你该不会是托吧……"

"甭管我是不是，反正你锻炼这事是真的吧。"乌龟一挑眉。

"行吧。"猪看了看钱包，一咬牙过去健身了。

教练看了看猪："嗯，体型还不错，就是体脂率高了点。来，我给你订一套全方位的计划。"

猪几乎每天都是睡在健身馆的，从早上一睁眼睛就开始练，直到晚上睡觉。什么椭圆机跑步机登山机划船机，一个一个做过去，有氧无氧轮番上阵。就这样过了三个月，猪生生练成了健美先生的身材，一身肌肉。

教练很满意地点了点头，把猪的照片摆到了店门口，猪也斗志昂扬地去征服那座山了。

理想很美好，现实很残酷。猪的力量上去了，可是速度没跟上去，以至于第一次爬的时候刚爬到一半，就开始打雷了，吓得猪慌忙地滚了下来。

肌肉再厉害也不比山上的石头硬啊，猪这叫一个惨，浑身都肿了起来。

第二天，猪又开始疯狂地往上爬，可结果和前一天一模一样。

猪的斗志被激发了出来，不气馁地继续爬，继续滚。于是它爬得越来越快，可身上也越来越肿，由于每次滚下去都是一个姿势，所以久而久之身材也肿成了粗桶形。

终于有一天，猪在雷鸣之前登上了山巅。可山顶上哪有什么猪，分明是一个长袍加身的男子。

猪欲哭无泪，到底还是被乌龟给骗了。

那男子看着猪一副伤心欲绝的样子，轻声问道：“怎么了？需要我帮忙吗？”

猪抹了把眼泪，哽咽着回答：“没事，我就上来看看。”

男子叹了口气：“真抱歉不能帮到你。”

猪努力挤出一个笑脸：“没关系，你是个好人。我们认识一下吧，我叫猪，你叫什么？”

那男子一拱手：“在下天蓬元帅。”

Question

文 / 明戈

猫被人舔了会有什么反应？

“今天真是谢谢你了。”女生害羞地笑了笑，“多吃点，这家的鱼很好吃。”

“哈哈，没什么，都是同事嘛。女孩子独居，还是装个摄像头安全些。”男生回答道，“等下我送你回家吧。”

“没事我自己可以的，今天已经够麻烦你的了，我家就在楼上，很近的。”女孩连忙拒绝，“天也不早了，你早点回家吧。”

天色的确已经暗了下来，路灯昏黄昏黄的，总觉得让人有点不清醒。

“喵。”

女孩走出饭店，刚要进单元门，就看到草丛里趴着一只黑猫，正可怜巴巴地望着自己。女孩把它抱起来，却发现它的后腿有血迹，血已经结成了块，毛都纠结在一起，有一道两厘米左右的伤口已经结了痂。

估计是只流浪猫。

她连忙把它抱上楼，帮它处理了伤口，又给它找了个垫子当窝。

“就叫你小黑好了，这么可爱，以后跟我住怎么样？”女孩揉了揉猫的脑袋，“明天要带你去打疫苗哦，我先睡啦。”女孩觉得头很晕，躺到床上就睡着了。

第二天女孩一起床，就看到黑猫正在舔自己，懒洋洋的，又带着股萌劲儿。女孩轻轻一笑，抱过它查看后腿怎么样了，却发现昨天那道伤口消失得无影无踪。

“真是奇怪，伤口哪去了……”女孩也没多想，只当是伤口愈合了。

到了宠物医院，黑猫却一反软萌的常态，龇着牙声嘶力竭地叫着，浑身的毛都立了起来。

医生是一位老妇人，她看了看暴躁的黑猫，又看了看女孩，把她叫到了隔壁房间。

“你这猫哪来的？”老妇严肃地问道。

“我在路边捡的啊，怎么了？”

“赶快把它丢掉！不要留在家里。”

“什么？亏你还是个医生，就这么对流浪猫啊？”女孩气愤地站起来，准备要走。

老妇连忙叫住她：“姑娘等等。你这猫有些古怪，我看过这么多动物，还没有见过气场这么黑暗的。”老妇顿了顿，“你就没发现它有什么奇怪的地方吗？或者，你有什么不对劲的地方？”

女孩突然想起来自己从昨天开始脑袋一直晕晕的，黑猫腿上的伤口也莫名消失了。

老妇接着说：“如果你一定要留着它，请务必要有自制力，留意这些细节，和脑中古怪的念头。或者干脆花点钱，把猫交给我来处理。”

“好的。”女孩心中冷笑，这老太婆装什么神秘，原来是为了钱，于是嘴上随便应付了下就抱着猫离开了。

这天，阳光从窗子里洒进来，女孩看着窝在垫子上的黑猫，忽然觉得蜷在垫子上一定好舒服。黑猫伸了个懒腰，慢悠悠地走到食碗前开始吃猫粮，女孩突然觉得猫粮一定也很好吃。黑猫吃饱了，过来蹭蹭女孩的腿，跳到她身上舔她的脸。

女孩愣了愣，她竟然有点想舔回去。

女孩有点慌了，打电话给宠物医院那个老妇。结果还没等女孩说明情况，老妇就劈头盖脸骂了她一顿。

老妇说三天前，那只黑猫带着一堆猫跑到店里来，把店里弄得乱七八糟，还丢了好多的药，要女孩赶紧赔钱。

女孩挂了电话后，真的有点害怕了，她把自己反锁在里屋不敢出去。没过一会儿，她就听到小黑挠门的声音，一开始是轻轻的，后来越来越急躁，越来越刺耳，像要把门挠穿了一样。

过了一个小时，挠门声终于停止了。

女孩突然想起了什么，她拿出电脑，调出了三天前的监控录像。

——直到她下班回家，猫都趴在垫子上没有动过。

女孩气极了：“这个骗子……”

她悄悄地把门打开，发现小黑趴在门边一动不动，累得睡着了。

她内疚地把小黑抱起来，摸了摸它的头。小黑睁开眼，像是看到主人没事很开心一样，伸出舌头舔了舔她的脸。

女孩的神情突然恍惚起来……

一周后。

“你来啦？快进来。”女孩笑盈盈地开了门，漂亮的眼睛都眯成了一条线。

“好。”门外是上次帮她装监控的男孩，“你不是说要把猫放我这里养两天？在哪儿啊？”

“这里。”女孩转身从纸壳箱里抱出一只黑白相间的猫递了过去。

“欸？你之前不是说养的是只黑猫？”

“啊……那只啊……”女孩若有所思地低下头，“后来变得太暴躁了，就送到宠物医院了。”

男孩接过猫，逗弄了两下：“真可爱。它认生吗？怎么让它喜欢我啊？”

女孩抬起头，甜甜地说：“舔它一下就好了。”

“真的吗？”

“真的，小黑就是这样才和我关系好的。”

女孩笑了起来，漂亮的眼睛弯弯的，有一道绿光闪过。

Question

文 / 明戈

荷花为什么会出淤泥而不染？

荷花本来是脏脏的，生长在满是淤泥的池塘里。

这天，池塘里来了只水灵灵的小鲤鱼，摇头晃脑地游了几圈，满意地在这里安了家。

“这池底都是泥，水竟然如此清澈，真是神奇。”鲤鱼情不自禁地赞叹着。

“因为有我啊。”一个声音从水面上传来。

“嗯？哪个小姐姐在说话？声音还很好听哎！”鲤鱼欢快地在水里转着圈。

“我啊，你抬头。”

小鲤鱼一抬头，不禁发出一声惊呼：“鬼啊！救命啊！”说罢连忙游到池塘的另一边去了。

只见水面上有一只硕大的荷花，满是污泥。黑臭的塘泥全都粘在了她娇嫩微粉的花瓣上，在远处根本看不出来这花是什么颜色，只觉得像是一团泥生长在水面上。

小鲤鱼根本没看清那是什么，还以为是个泥巴怪。

“我是荷花！”荷花气极了。

“你！你自己看看你哪里像花！”小鲤鱼远远地喊道。

“我有什么办法，我长在泥里，泥都糊到我的花骨朵上了，我长出来可不就都是泥了嘛。”荷花无奈地说。

“不用解释，那你也是丑八怪！”

荷花鄙夷地说：“你以为你就好看啊？那么白，跟被消毒液漂过似的。”

“你！”鲤鱼羞得脸都红了。

“你什么你，就你这副模样，我炖汤都不会选你。”荷花摆弄着自己的手指甲。

“我可好吃了！”鲤鱼气得脸都绿了。

岸上的动物看着水里的情景喜剧，笑得合不拢嘴。

小鲤鱼心生一计，向荷花大喊道：“你知道池塘说什么吗？你出水太高，听不清楚吧。”

荷花摇了摇头。

“池塘说，你太丑了，不配待在这里。”鲤鱼不知道它这句话差点酿成了大祸。

荷花这下子是真的伤了心，毕竟池塘是生她养她的地方。于是趁着天黑，连夜搬走了。

第二天一大早，鲤鱼就看到荷花不见了，它简直开心极了，欢快地游着，玩耍的地方都变大了许多。

过了一周，鲤鱼才发现有点不对——池塘没原来清澈了。

原来虽然底部也有污泥，但泥和水隔离得非常好，而现在的边界线却模糊了。

又过了一周，边界线彻底不见了，整个池塘污浊不堪，简直像一锅泥汤一样。小鲤鱼在里面费力地游着，几乎要喘不过气来。

一只飞鸟看见池塘变成了这副模样，连忙去找荷花，而荷花却早已在隔壁的一个小水洼里安了家。

“荷花，你快回去吧，池塘要死了。”飞鸟焦急地说。

“我才不回去，他们不要我了，我才不会回去呢。”荷花嘟囔着，“再说我在这儿活得好好的。”

“池塘要死了欸！”

“与我何干？”

“可是池塘根本没那么说过，是那个小鲤鱼骗你的。”飞鸟说。

“啥？”荷花瞪大了眼睛，提起裙子就往回跑，“这倒霉孩子！”

荷花赶到了自己原来的家，整片池塘就像一个臭水沟，散发着阵阵恶臭。荷花没有嫌弃，静静地待在水里，默默地清洁着这片池塘。

终于，池水又恢复了原有的清澈。

荷花松了一口气，她擦了擦额上的汗，忽然看到池底有一抹熟悉的身影，正在拍着武打片。

原来是一只螃蟹趁乱溜了进来，正在和那只小鲤鱼打架。小鲤鱼哪是螃蟹的对手，浑身被掐得通红，活生生变成了锦鲤。

荷花叹了一口气，把小鲤鱼圈到了怀里。螃蟹一看鲤鱼有靠山，灰溜溜地走了。

小鲤鱼羞愧地从荷花的怀里钻出来，这才发现池塘已经清澈如初。

“我说的吧，我能清洁池塘。”荷花眨了眨眼。

什么叫大气，什么叫以德报怨，这简直是真人移动教学版。

小鲤鱼低着头："对不起，我不应该以貌取人。"鲤鱼暗暗攥了攥小拳头，似乎在酝酿什么，它猛地一抬头，"荷花姐姐，我认识好多朋友，可以让他们帮你去掉身上的泥。你的心很美，外表更应该美。"

荷花乐了："那你不早说。"

于是，鲤鱼找来了好多别的小虾小鱼什么的，在荷花还没长出水面的时候，就把她身上的泥都刷掉了。当荷花再伸出水面绽放开的时候，一尘不染，娇嫩芬芳，香远益清，亭亭净植。

小鲤鱼看呆了，不禁拍着巴掌："荷花牌净水器，真美！"

荷花娇笑了一声："你讨打了是不是？"

小鲤鱼围着荷花转啊转的，琢磨着这要是卖观赏门票，可就发了！

没错，这就是最早的转发锦鲤。

Question

文 / 明戈

为什么野兽都怕火？

“人”一开始是住在山林里的，没有房子也没有帐篷，渴了就喝山泉水，饿了就摘野果子吃，晚上就靠在树旁睡觉。

后来“人”越来越多，就变成了“众”。自从有了“众”，大家聚在一起打麻将斗地主，邻里乡亲都和睦，老少爷们更合群，过得十分快活。

可是好日子没过多久，山上就来了野兽，凶神恶煞占山为王，“众”被吓得四下逃窜，一下子又变回了“人”。

“人”很苦恼，每天担惊受怕会被野兽吃掉，也不敢贸然去摘果子吃，只能在一个小角落里躲着。

这天，“人”正躲得好好的，突然从树后窜出一只野兽，循着味道就往“人”这边来了。“人”吓得大喊一声，拔腿就往山后跑，由于跑得太快，生生把自己跑成大背头，变成了“入”。前方，突然出现了一座小房子，烟雾缭绕的，它想都没想就钻了进去。

里面坐着一个仙风道骨的老头，老头一看“入”闯进来了，端详了半天，“哎哟”地叫了一声。

“这傻孩子，咋把自己整成这样了。”说罢，连忙伸手理了理“入”的头发，于是，“入”又变回了“人”。

没错，这个老爷子就是仓颉，造字那个。

“人”哭着说，山上有野兽，自己都不敢回去，问能不能在这儿住几天。

仓颉摸了摸胡子，为难地说：“我造了你们是要你们出去历练的，不能在我这儿待着啊……”

“人”垂头丧气地蹲到了地上。

“孩子你也别太难过，这样，我给你造个房子，你躲房子里野兽就吃不到你了。”仓颉说。

“好啊。”

就这样，“人”变成了“囚”。

“囚”高高兴兴回去了，待在房子里真的是无比安全，野兽根本近不了它的身。可是没几天新问题又出现了——野兽吃不到它，可它也吃不到饭。

“囚”很郁闷，从房子里跳了出来，一溜烟地跑去找仓颉帮忙。

“仓爸爸，你看能不能帮我整一个移动的护甲啊，我也好方便出去找吃的。”

仓颉琢磨了会，加了一笔，“人”变成了“大”。

“大”顶着个盖儿欢欢喜喜地摘果子去了，可还没到果树下，就看到几头野兽像流氓似的蹲在马路边上瞧自己。

“哼，我不怕你们！我有护盾！”

野兽乐了，上去就是一顿揍，把它生生打成了“乂”。

仓颉看到“人”这个样子别提有多心疼了，他边修边骂道：“真下死手啊！多好的人，都被打分叉了！”

“孩子，我这次给你加两道护盾！”

于是“人”变成了“天”。

结果没过两天，仓颉就听见有人敲门。

一开门，“天”不仅变成了“夭”，“夭”哭得都快成“沃”了。

“你是？”

“仓爸爸，我是‘人’啊，你前两天加了两道护盾那个。”

“啊，快进来我的好孩子，你怎么变这副模样了。”

它哭哭啼啼地说：“我寻思着自己有两道护甲了，我也不怕他们这些怪物了，就大大方方去摘果子，还揪了一只野兽的尾巴。之后他就过来打了我一巴掌，我就成现在这样了。”

“你活该。”

“仓爸爸！”

仓颉叹了一口气，边摘下它的护甲，边琢磨着该怎么办。

“孩子，实在不行，我们就改变策略好了。”仓颉任重道远地拍了拍“人”的肩膀，“看来躲是不行了，我们只能硬碰硬地和他们打！”

“硬碰硬？打？”

“没错，既然他们欺负你，你就要奋起反抗！孩子，这是上古传下来的两把赤剑，我将它交付于你。去战斗吧！打跑野兽，把山夺回来！”

于是“人”变成了“火”。

“火”本来还有点怂，毕竟前两次被打怕了，可它突然想起被攻陷的家园，心中莫名充满了怒气。

“火”找到一头野兽，挥舞着赤剑就砍了过去。

只见那头野兽被赤剑的刀锋烫了一下，皮肉都翻卷起来，“滋滋”作响。

野兽哀号了一声，唤来了更多的同伴。

“火”心中的杀意已经熊熊燃起，此时哪还怕对面的几头怪兽，拎着剑就是一顿乱刺。

野兽也蒙了，没想到“火”的杀伤力这么大，刺得自己浑身都是窟窿，当然，这也是“刺身”一词的来源。

其实野兽也就是外表凶悍，真的碰上能打的，未必多有强，你看那武松打虎就是这么回事。

“火”站到树顶上，大喝一声：“不服的来啊！我就在这儿等着！”

野兽们互相看了一眼，灰溜溜地逃走了。

“火”开心极了，蹦蹦跳跳地去找仓颉。

“仓爸爸！野兽被我吓跑啦！这个剑还给您，非常感谢。”说罢，“火”还鞠了一躬。

“你还是拿着吧，以防野兽还会再回来。平日里把剑背在身后就好，野兽来了就把剑亮出来。”仓颉摸了摸“人”的头。

“好的。”

另一边，野兽圈里一传十十传百，有个家伙叫“火”，特别厉害，可千万别靠近，不然没有好果子吃的。

• WHY

文化大起底

File Edit Image Layer Type

圣诞节
蒙娜丽莎
古人吟诗
江湖
电灯泡
吃火鸡
渡劫
龙抢公主

Question

文 / 载卷行舟

为什么男女约会的时候第三个不相干的人被称作“电灯泡”？

1

龙王儿子遍地走，雷公没有女朋友。

织女女儿打酱油，雷公没有女朋友。

月老红线团成球，雷公没有女朋友。

阎王孙子眼泪流，雷公没有女朋友。

这是在天庭传唱很广的一首歌谣，上到玉帝王母，下到扫把真君，大家都会哼哼上两句，顺便对歌谣的主角——至今没有女朋友的雷公，表达深切的同情。

哈哈大笑，是他们表达同情的主要方式。

2

歌谣的主角雷公，第一次听到这首歌是在今天早上。

众神不会在雷公面前哼这首歌，长久以来瞒得很好，直到托塔天王的三个儿子在家里开音响唱歌，歌词被前来拜访李天王的雷公听到了。

雷公顿觉晴天霹雳。

由于他本人就是掌管霹雳的神，雷公将晴天霹雳这个成语具现化了一下，他以槌击鼓，狠狠造出一道霹雳砸到李靖的脑门上。

养不教父之过。

反正都是你的错。

3

知道同事们一直拿他的感情生活取乐之后，雷公感到很受伤。

他捂着脸从托塔天王的府邸奔跑出去。

他一路狂奔，直到离开天宫五百米才停下动作，他将捂脸的手放开，本应难过的脸上却没有一点泪水。

呵呵。

雷公心道：不讲道理的天庭，全年无休，年节不放假，加班加了八百多年还不加工资，终于找到理由翘班了。

天界的公务员是强制上工，雷公不能辞职，也不愿意放弃工资，只好借着这个全天庭都对不起他的理由，理直气壮地跑出去玩一玩。

想来不会有人指责他。

4

依照天宫的办事效率，只要雷公不随意打雷，就没有人能够查到他跑去了哪里。

雷公特地跑到凡界去过“天上一日，人间一年”的逍遥日子了。

5

凡间有一个富翁，乐善好施，在雷公花光老本找不到工作的时候接济了他一些银两，雷公十分感激。

可惜富翁家的公子是个痴情种，痴恋的对象还是万花楼里的头牌姑娘。公子为讨姑娘欢心，在万花楼里一掷千金，只求和姑娘多待一会儿。

然而这姑娘是个妖精，靠吸人阳气过活，眼看着公子的身体都要被毁了。

雷公因受过富翁接济，试图挽回这个局面。

6

公子和姑娘在饕餮楼吃饭的时候，雷公无视外面大厅里几十张空着的桌子，强行要和他们拼桌。

公子和姑娘去郊外踏青的时候，雷公借了附近农家的羊赶过去，让它们在公子和姑娘的旁边吃草。

公子和姑娘在房内弹琴的时候，雷公在外面扯着嗓子乱叫，声音高过姑娘的琴声。

如此数次，公子终于忍不住，来找雷公理论。

雷公将姑娘的身份如实告知："她是个妖精。"

都说恋爱中的人没有脑子，公子当然不信雷公的话，他甩着袖子大怒："我看你是个神经病。"

雷公忍不住告诉他神经病的"经"和妖精的"精"不是一个字。

7

总而言之，公子被雷公气得不轻，去万花楼找他的解语花求安慰，二人还是像以前一样你侬我侬。

妖精终于将要得手。

雷公在那夜有所感觉，从箱子底下翻出多年不用的鼓槌，一个人站在了万花楼的楼顶上。

他左手举槌，右手托鼓，重重地敲下去。

万花楼风声乍起，发出"呜呜"的声音，场面十分诡异。

鼓与槌终于碰到一起，明亮的电光从它们的接触点迸发出来，直直朝着妖精所在的那间房击去。

雷鸣声传入公子耳朵的同时，妖精在床上现了原形。

却是一盏灯。

8

公子抖如筛糠，抹着眼泪求雷公帮忙。

雷公人站在楼顶，在闪电的映照下脸色黑得吓人。他自觉神情英武，还想接着摆个架子。

"我不是神经病。"他说，"我是神。"

公子朝他拜下去。

雷公这个架子最终没有摆成功。

公子下拜的时候，天庭派来催他上工的工作人员连拖带拽地把雷公拉到了工作岗位上，雷公甚至没来得及摆个造型，神武地说上一句：“你起来吧。”

9

公子一直到老都记得那个总是打扰他和妖精约会的神。

他不知道那个神是天上的哪位真君，只能自己偷偷给他取了个名字，叫“电灯泡”。

电灯泡一道电光下去，让那灯吸人精气的想法变成了泡影。

也让公子失去了女朋友。

Question

文 / 明戈

为什么西方的龙总是要抢公主？

“这一届的恶龙不行啊。”

王子把长剑收起来，走过去牵起公主的手，离开洞穴之前，回头看了一眼躺在地上的恶龙，对着它的下巴踹了一脚。

恶龙发出虚弱的呻吟声，王子这才满意地离开了。当王子与公主走出洞穴时，外面立刻传来一阵震耳欲聋的欢呼，无数士兵簇拥着他们离开，只留下洞穴内满身是伤的恶龙。

恶龙挣扎着爬起来，钻进洞穴深处，吃下早已准备好的草药，然后用舌头舔着伤口，这么过去了两天，伤势终于恢复了大半。它扒开储藏洞，从里面拿出一块风干的羊肉，囫囵吞下了肚子，正要再睡一会儿，忽然水晶球亮了。

它叹了口气，用爪子碰了碰水晶球，球里出现了女巫布莱尔的脸。

“喂，恶龙吗？又有工作了。这一次是东部王国的爱丽丝公主，就是那个有名的暴脾气公主啦，这份工作可不好受，不过报酬可是很丰厚的……喂，你在听吗？”

恶龙说：“我，我伤还没好呢。”

“你皮糙肉厚的，有什么关系？”女巫布莱尔一下子拉下了脸，“我告诉你，这次可是东部王国和西部王国第一次联姻，它们是大陆上最有势力的国家，这次的事情不能耽搁，明白吗？”

“可我真的有伤。”恶龙很委屈。

“少跟我来这一套，我告诉你，这是工作，明白吗？你就是条破龙，有什么资格挑三拣四的？明天上午，你得准时抓走爱丽丝公主，否则我把你的翅膀拽下来烤着吃！”

水晶球的光芒熄灭，只留下恶龙坐在洞穴里，满脸都是疲惫之色。

这个年头，恶龙不好混啊。

经历了战争和大灭绝，龙族的数量锐减，能力也在下降，现在大陆上剩下的龙，大概只有三条了。在龙族濒临灭绝时，还是人类给了龙族工作的机会。

他们要龙族，都变成恶龙。

人类啊，就是这么个好大喜功的种族，为了展现自己的勇武，那些王子在迎娶公主之前，必须得有条恶龙抢走公主，然后王子率领军队，前去打败恶龙，夺回公主，只有这样，王子才能赢得人民的爱戴。没办法，平民们就喜欢这种故事。

所以恶龙的工作呢，就是抢走公主，等着王子过来，把自己揍一顿，收工。

不论如何，为了生计，接下来的公主还是得去抢。恶龙扭动了一下酸痛的身躯，第二天一早，径直飞到了东部王国的皇城，一路上还没忘了喷几口火，好让平民注意到自己。

飞到城堡上空，公主正坐在那儿晒太阳呢，见着恶龙飞来，指着它鼻子就是一顿骂："怎么来这么慢？我等你一早上了知道吗？有没有点职业精神？"

恶龙说："我，我受伤了。"

公主火气更大："你还敢顶嘴了？"顺手把一杯咖啡泼在恶龙脸上，"龙族能活下来，多亏我们人类的施舍，懂吗？看你那模样，一点气势都没有，真不知道父王怎么会找到你……"

大臣开口说："公主，该出发了。"

公主这才骂骂咧咧地坐上巨龙的背，大臣又说："公主，您最好躺在龙的爪子上，不然显得不够真实。"

公主强忍着怒火，被恶龙抓在手中。恶龙张开双翼，飞上天空，朝着自己的洞穴飞去。

这一路上，公主都在骂骂咧咧，一会儿觉得恶龙身上的气味太臭，一会儿觉得太颠簸，让她觉得不舒服。终于飞到了洞穴，恶龙小心翼翼地把公主放下来，自己钻回了洞穴里。

公主瞪着眼睛说："我住哪儿？"

恶龙愣了一下："就，就住这儿啊。"

"你让我住这么臭的地方？"

恶龙想挠挠头，然后发现自己的手太短，根本够不到脑袋，只好说："可是，过去的公主都是住在这儿的。"

"你拿我跟那些小国的女人比？"公主生气了，"你这个又臭又破的臭龙，信不信我让父王把你做成肉串？你们这个蜥蜴族活该灭绝，一个个都傻透顶了。"

恶龙的眼神忽然冷下来："请不要侮辱我的祖先。"

"怎么，你不服气？我就要说，臭蜥蜴，破蜥蜴，活该灭绝！"

恶龙摇了摇翅膀，钻进洞穴里去了，把公主一个人丢在外面。

公主骂了半天，实在没辙，只好在外面等着。好在王子来得很快，其实他早就准备好了，一得到消息就出发，半日工夫就来到了龙穴。王子举着长剑，看见公主站在外面，立刻下了马，走到公主身边。

"恶龙呢？"

公主朝里面努努嘴。王子又问："你怎么在外面。"

公主说："里面太臭。"

王子皱起眉头。身后那么多士兵看着呢，这样就把公主接走了，可显示不出自己的英勇。于是他举起长剑，做出了决定。

"竟然敢抢走我们美丽的公主，让我进去好好教训他一顿！"

公主眼睛一亮："我也跟你去。"

王子冲进龙穴，对着正在沉睡的恶龙拳打脚踢，用剑在它身上划来划去。恶龙倒是也习惯了，整个身子蜷缩起来躲在角落。王子打完了，公主还冲过来，对着恶龙踹了几脚。

王子皱起眉头，早听说这位公主脾气极大，没想到竟然这么暴躁。但他还是保持着绅士风度，对公主说："公主殿下，我们先回去吧。"

"臭蜥蜴。"公主朝恶龙吐了一口口水，正好吐在恶龙的脸上。然后她走到王子身边，牵着王子的手，准备离开这里。

这时，恶龙站了起来，他走到两人面前，俯视着两只渺小却能轻易决定它生死的生灵，眼神中忽然满是不屑。

公主说："你……"

恶龙张开大口，把两人都吞进了肚子里。

Question

文 / 周小凡

为什么电闪雷鸣叫渡劫？

仙界一年一度的单身神仙排行榜出炉，雷神再次荣登榜首。

这个结果可以说是毫无悬念了。雷神嘛，多少年过去了，一直都还单着，不就是因为他的属性不好。只要稍微靠近他，不管是人还是神，都觉得浑身酥麻。

雷神也很无奈。我这是职业病啊！一天到晚和雷电相伴，体内自然而然地带了电，而且根本没办法控制，稍微情绪兴奋一点，就跟皮卡丘似的浑身放电，那电可是天雷，就算是仙人也受不了。至于那些修为高不怕电的女神仙，谁能看得上雷神呢?

所以，没人愿意做雷神的女朋友。

雷神对着流星许了几百次愿，可每一次流星落下，看到雷神在许愿，立刻卯足力气转身就跑。于是遇到流星雨，就会出现极为壮观的景象：无数流星纷纷落下，然后有颗流星大叫："雷神在下面！"于是流星们纷纷掉头，大部分在空中炸开，如同烟花。

雷神也很委屈。我上辈子得罪谁了啊?

这一天是飞升日，人间的仙气最为浓郁，飞升上来的小仙也特别多。和往年一样，雷神也凑了过来，看看有没有新飞升的女神仙。当然这也没啥用，谁能受得了他呀?

飞升处人头攒动，雷神无论走到哪儿，人家都绕开他走。雷神心里委屈，走到一个空旷的地方，靠在一棵仙树下面生闷气。

忽然有个甜美的女声在他面前响起："你好，请问，请问仙界报到处该怎么走？"

雷神猛然抬头，距离自己不远的地方，站着一个容颜秀丽的女子，身着粉色衣衫，神色有些许腼腆，正看着他微笑。雷神先是一惊，然后下意识地说："你，你不要靠近我。"

女子吓得往后退了一步："怎么了？"

雷神不好意思地挠挠头："我身上有电，你离我远点。"

女子愣了愣，然后展颜一笑："没事，我不怕电？"

"啊？"

"我是桃花仙子，不怕电的。"

顿时，他只觉得自己遇到了真命天女，不过弹指一瞬，就脑补了无数和桃花仙子的恋爱片段。他强忍住心中激动，装出一副很热心的模样，给桃花仙子带路，买吃的喝的，甚至连搬东西找宿舍这样的粗活，他也乐意效劳。

在那之后，雷神对桃花仙子展开了疯狂的追求，真是打个雷都是爱你的形状。也因为如此，凡人们看到了难得一见的天象：一个闪电劈下来，轨迹在半空中变成心形；雷声滚滚的时候，总是隐约能听到有人在喊什么"桃花仙子我爱你"。

桃花仙子呢，其实心里也在犹豫，没有完全拒绝雷神，也没有答应他，而是享受着雷神给她带来的好，把雷神当作超级备胎。和雷神关系好的神仙看了，都觉得她这样不太厚道。这哪里是桃花仙子，分明是绿茶仙子嘛。

转眼间一年过去了，又到了飞升日，桃花仙子作为上一届新仙代表，过来迎接新飞升的仙人。新人们一个个飞升上天，第一个就落在桃花仙子面前。桃花仙子眼前一亮，帅哥呀！

那帅哥一点也不害羞，朝着桃花仙子微微一笑："这位姐姐辛苦了，在下桃木仙。"

桃花仙子面色红如桃花，觉得自己是捡着了天大的缘分。眼前的小帅哥，可比雷神要养眼几百倍，再说了，自己是桃花，他是桃木，那么多仙人，就他们两个遇见了，这不就是天生一对吗？

一来二去，两人一起上仙界基础课，一起去仙界食堂吃饭，慢慢地，两个人就这么好上了。

雷神呢？只得到了桃花仙子不冷不热的一句话。

"我们不合适。"

雷神崩溃了。

雷神号啕大哭了一阵，那哭声闻者落泪听者伤心，他坐在飞升处，怔怔地看着自己当年和桃花仙子相识的地方，越看越是伤心，越看越觉得难过。他哭着哭着，飞升处忽然亮起光芒，这是下界有散仙要飞升的信号。雷神看着飞升处，忽然怒从心起：就是你们这些新飞升的神仙，抢走了我的女朋友！

雷神站在飞升处入口，抬手就是一道雷劈了下去。

可怜正要飞升的一只鲤鱼精，刚飞到半空，就毫无防备地被电成了烤鱼啊！

雷神一点儿都不解气，还在拼命往下劈雷电，边劈边喊："让你们飞升，让你们成仙，让你们飞升！"

后来，雷神这个有些偏执的神仙，干脆每天就坐在飞升处旁边，见到有人要飞升，就用雷使劲地劈。可怜那些想升仙的人啊，飞升难度上升了好几百倍，若是不能扛过雷神的雷，别说飞升成仙了，命能不能保住都不好说。

后来凡间就有了传说，说因为飞升的仙人太多，如今飞升都需要被雷劈，这是仙界对修仙者们的考验，能够渡过这个劫数，才能真正成为仙人。

Question

文 / 载卷行舟

为什么圣诞节要吃火鸡？

1

南边山头上的魔龙又被公主抓走了！

女巫听到这消息的时候正在公主的床榻上午睡，据说抓走魔龙的公主，正在化妆，没有两个小时不可能从梳妆台上下来。

女巫睡意正浓却被叫醒，心里很不痛快，她狠狠捋起袖子，杀气冲冲走出去，打算查一查究竟是哪里来的野鸡给自己加戏。

她手里的水晶球离地一米，自由自在地转了三圈，非常随意地往一个方向飘了过去，女巫也不加查证，跟着水晶球离开了城堡。

走时眼神凌厉，气势汹汹。

后面跟了一排凶神恶煞的骑士。

公主涂着红色指甲油的手停了停，翻了个白眼道："她竟然还没有换了那个路痴的水晶球。"

2

水晶球果然是个路痴。

女巫跟着水晶球走出了几十里之后，不出所料地迷了路。

公主继续涂指甲油，不出意外地看到了魔镜中女巫举着水晶球发给她的求助，她的动作没有受到一丁点儿影响，只道："你先自己随便找找，我化完妆就去找你。"

"哦。"女巫也不觉得受伤，她们早已经习惯了对方的态度，自然不会轻易生气。

公主对女巫如此放心，也是有原因的。

女巫的水晶球虽然常常迷路，但恰好和女巫互补，女巫当初被人判定为女巫，凭的是这样的天赋：无论怎么走都能安全到达自己预期的地点。

女巫心中也非常清楚自己这个天赋，只不过她想和公主搭话，遇到什么事情都要强行求助一下。

3

女巫绕着自己迷路的地方漫无目的地瞎转悠，自己也不知道跑到了哪里。

眼前是一个山洞，山洞掩映在郁郁葱葱的植被里，并不容易被人发现，但当女巫回过神来的时候，她就已经在这个地方了。她也不动脑子想里面是不是有危险，抬起脚就走了进去。

山洞里面十分空旷，左侧鼓起一块土丘，女巫叹了一口气，举起了水晶球。水晶球除了不认路，其他方面都堪称完美，这也是女巫舍不得换掉它的原因。

透过水晶球，女巫看到了那个土丘的真正模样，那正是谣传被公主绑走的巨龙。

巨龙缩成一团蹲在山洞的一角，它本来应该是世上最强大的物种，此时却像个小可怜一样蜷缩在那里，女巫心生同情，想将魔龙带回家中。

这时候掳走魔龙的罪魁祸首狩猎回来了，出现在了山洞里。

女巫定睛一看，还真是个野鸡，她顿时嗤笑出声。穿着红色衣服的野鸡，就像一只火鸡。

4

火鸡手一招就有一大片火焰在山洞里蔓延，女巫的水晶球发出水光，一水一火隔空对峙。

水晶球显然要弱一些，坚持了一段时间之后就滚落在地上，火鸡的火即将烧到女巫身上时，公主领着被女巫甩掉的骑士出现了。

公主手中拿着骑士的剑，火鸡想让火舌朝公主的方向舔舐时，公主的剑已经刺入火鸡的胸膛。

火鸡死去之后，它施加在魔龙身上的魔法也渐渐消解，土丘的颜色淡去，露出深黑色的鳞片来。

魔龙半天没有反应，甚至连呼吸的动静都没有。

女巫试探着将手抚上去，感受到的是恰到好处的温暖。

世界上的最后一头魔龙已经死去了。魔龙生于烈火之中，浑身血脉像岩浆沸腾，不死不止，这种温暖不属于魔龙。

5

在几百年前，世界上的魔龙就有了灭绝的趋势，各国王室尽力挽救也于事无补，现在，只剩下这一条巨龙了。它没有伴侣，独自睡在南山之上，也不知道怎样被火鸡骗了出来。

公主和女巫领着骑士将巨龙抬起来，它腹上有一道血口，伤口外翻，露出了白色的蛋壳。

她们看出这条龙肚子大得反常，没想到竟然是一颗蛋长在它的腹中。

女巫突然拉住公主的手，靠在她身上。

巨龙的蛋，没有母体孕育不能成形，没有父亲孵化不能破壳，每一条巨龙的诞生都艰难无比，如今，世界上的最后一头龙已经死去，这颗蛋也成为巨龙一族剩下的最后一颗蛋了。

公主回宫之后，将巨龙已被火鸡杀死的消息告知各国。

这天是巨龙灭绝的日子，但所幸还剩一颗蛋。从此以后，每年的这一天大家都会过“剩蛋节”，并在这个节日，全家一起吃火鸡泄愤。

Question

文 / 火柴人

蒙娜丽莎的微笑为什么会有神秘感？

达·芬奇的眼皮一直在跳。

他隐隐觉得有什么事情要发生。

如果说仅仅是为富商的妻子画像，他不会如此紧张，因为他所见过的大人物远远超出人的想象。

达·芬奇很自信，他对于自己的实力和运气都十分有把握。当然，他对自己的直觉更有把握。

如果不是昨晚在酒会上听说那位富商弗朗西斯科的妻子如何倾国倾城，他是不会答应作画的请求的。

然而宿醉醒来，发现自己躺在教堂中的那一刻他便开始后悔了。

他必须离开，必须躲开什么人。

这是达·芬奇第一次有这种危机感。

“该死，我应该听从拉斐尔先生的告诫，不要参与那些聚会的。”

他穿上衣服，悄悄地走向门口，拉开一个缝隙，向外看去。

门外的神职人员忙碌着，从门前经过。

合上门，达·芬奇深吸一口气，大脑如同暴风一般开始旋转。

从屋内装饰和刚刚的一瞥，可以推断出，这是一栋哥特式建筑。

那么，建筑的回廊、出口就一目了然了。

通过图像式记忆，达·芬奇在大脑中建立了模型，拟定了逃离方案。

首先是等待。

等到门外没有声音的时候，他再次探头望去，走廊空空如也。

而后，他出门右转到达拐角处，右后方的一个空中走廊出现在眼前。

只要通过那道走廊，走下楼梯，从二楼的窗口跳下，就可以逃走，然后立刻寻到马车前往佛罗伦萨港，坐船去米兰。

就在他即将展开行动时，一位神父出现在他的身后，悄无声息。

“尊敬的达·芬奇先生，”神父声音十分沉稳，“您需要什么帮助吗？”

达·芬奇额头渗出冷汗，转过身来，笑着说道：“哦，这不是阿方索神父吗？我想知道，我为何在这里？”

“您是受邀前来，为我们的圣女作一幅肖像画的。”神父说道，“您不记得了吗？”

“我记得我答应的是为弗朗西斯科先生的妻子作画，”达·芬奇恭敬道，“为什么会是画圣女？”

“哦，圣女，就是丽莎小姐，弗朗西斯科的夫人。”神父说道，“弗朗西斯科是信徒，为了保护圣女，便遵从教会的意志，成为圣女的丈夫。”

“保护圣女？”达·芬奇有些疑惑，“会有人比教会的力量还强大？”

“圣女说，是时间管理局的人。”神父说道，“她说如果告诉你这个，你就明白了。”

听到这句话，达·芬奇全身都僵硬了。

他知道时间管理局是什么。

因为他自己就在时间管理局的追捕名单之上，自从他上次从亚特兰蒂斯逃脱，他以为自己已经永远不会遇见时间管理局的人了。

达·芬奇，时间逾越者。

如今已经在世界上生存了两千多年。

这么多年来，他从未改变过长相。

他在亚特兰蒂斯游历时，第一次遇见了时间管理局的人。

那是一个女人，拥有迷人的外表，却不苟言笑。

她叫蒙娜，她并没有杀掉达·芬奇，还和他在一起生活了数年之久。

最后亚特兰蒂斯沉没，达·芬奇却在昏迷之中，活了下来。

达·芬奇心中的预感越发清晰。

那个人，那个让自己产生危机感的人，一定是蒙娜。

她还活着，此刻却被时间管理局的人通缉，是因为她“杀掉”达·芬奇后，蒙娜依然在世间徘徊。

“带我去找她吧，”达·芬奇平静地说道，“我想她应该是我的故人。”

跟随着阿方索神父，达·芬奇走进了顶层的一间阁楼中。

打开门，他一眼就看到了独坐阳台的女子。

一身黑纱，静如处子。

听到声响，女子转过头来看向达·芬奇。

那张在达·芬奇梦中出现过无数次的脸，此刻就在眼前。

达·芬奇走上前，颤抖着声音道："好久……不见，蒙娜。"

"是啊，"蒙娜说道，"已经有两千年了。"

眨了眨眼睛，蒙娜微笑起来，如同万年冰川融化，那微笑让达·芬奇有种窒息感。

"终于等到你，我最后再见你一面，便要回到未来了。"蒙娜说道，"再见，在两千年后。"

达·芬奇走上前："我还有很多话要问你，你别走！"

"我不走，整个佛罗伦萨就会沉入海底，和亚特兰蒂斯一样。"说着，蒙娜按下了手中的按钮，她的脚下出现了一圈光环，她整个人都罩在其中，"达·芬奇，在世界上留下一幅我的画像，两千年后，我会靠它来寻找你。"

达·芬奇扑上前去，却扑了个空。

蒙娜已经消失不见。

那么时间管理局的人也不会来了。

达·芬奇站在阳台，呆呆地望着那处，轻声说道："我会尽我所能，为你作画，蒙娜。"

Question 文 / 周小凡

为什么说有人的地方就有江湖？

“小年，你又把水烧干啦！”

“小年，怎么饭又是糊的？”

“小年，我的衣服呢？你到底洗了没有？”

老李看着自己徒弟傻乎乎的样子，真是气不打一处来，可是却狠不下心来打骂他。十五岁了，智力却好像没什么长进，跟十岁的时候差不多，一直这么傻里傻气的。老李本来想教他武功，可是就一个马步，教了半月他还没学会。

所以每天日落时分，老李总在屋外看着夕阳发呆，时不时长叹一口气：“唉，我好歹也是天下第一啊。”

老李的名字，如果在江湖上说出来，那可真是如雷贯耳，但凡行走江湖的人，绝没有不知道的。八岁练剑，十二岁击败青松剑客，十六岁行走江湖，二十二岁时手下败将无数，三十岁已成天下第一剑客。当今武林排行榜，连续几年老李都是榜上第一。身为天下第一剑客的他，如果说要收徒弟，那得有半个武林的人要拜他为师。

可他却收了小年这么个傻徒弟。

没办法，五年之前，他和天下第一刀客比武。比试之前刀客对老李说：“到了我们这个水平，比武谁也不会留情，生死都是无法掌控的。我若是死了，只求你照顾好我的儿子。”

老李答应了。

后来刀客输了一招，死在老李剑下。老李也信守承诺，把他的儿子带走，到一个小镇子里避世，准备把毕生所学都传授给他。可是老李怎么也没想到，天下第一刀客的儿子，竟然会如此不开窍。

老李越想越气，他想起刀客临死前的笑容，忽然心里一寒：那混账东西，不会是受不了这个儿子，故意死在我手上的吧？

想归想，相处这么多年，终究也有了感情，既然练武不成，那就算了吧。老李盘算着，这小子悟性太差，不过做事倒是愿意用笨功夫，自己弄一些珍奇的丹药，将他的经脉拓宽了，然后传一些内力给他，让他自己练。等到内力强一些了，再找一门像金钟罩铁布衫这样的笨功夫给他练，让他好歹有个防身的法门。

转眼秋去冬来，又是一年过去了。老李心情好，买了一些猪头肉卤牛肉什么的，还买了几壶好酒，顺带买了副对联，准备红红火火过个好年。回到家里，准备贴春联的时候，才发现家里没有糨糊，这对联竟然贴不上去。

老李想熬糨糊，但在家找了半天，面粉缸子也空了。他想了想，把小年喊过来，跟他说："小年啊，师父要贴春联，去弄点糨糊回来。"

小年看着师父，眼睛眨了半天，才大声地说："师父，糨糊是啥？"

老李哭笑不得："你别管是啥，出去找人家借点就是了。"

小年眨眨眼："找谁呀？"

"随便找谁，谁家能没糨糊啊。"老李叹了口气，看小年还站在那儿不动，就说，"你见着人就问，只要有人的地方，肯定就有糨糊。"

小年"哦"了一声，出去了。

小年在镇子上走了一圈，也不知道到底该找谁，见着自家门口坐着个乞丐，就走过去问道："你有糨糊吗？"

乞丐正在打盹，被他吓了一跳，抬头一看，认得是老李家的傻小子，笑了笑说："你说什么？"

小年很认真地说："师父说了，有人的地方就有糨糊。"

乞丐一听，大冬天的竟然吓出了一身冷汗。

这乞丐可不是真的乞丐，其实是江南颇有名气的飞贼。他和老李当年有些仇怨，一直怀恨于心，如今老李隐世不出，他几经周折终于找到了老李的住所。他知道老李的功夫，所以不敢轻易出手，而是扮成一个乞丐，躲在镇子上观察老李的行动，他已经在镇上待了三个月了，好在他易容术精妙，始终没有被老李察觉。

可是小年过来说了一句话，他真是吓得不轻。小年说，有人的地方就有糨糊，可是带些口音，听着跟"江湖"差不多。飞贼心想，有人的地方就有江湖，什么意思？这小子为什么跑来跟我说这句话？江湖，老李明明隐居避世了，为什么还要提到江湖？难道说，他早就发现了我的身份，故意让徒弟来提醒我？不然为什么要说，有人的地方就有江湖？

飞贼越想越不对劲，越觉得自己猜得没错，在小年奇怪的目光中，他东西也来不及收拾，站起身向上一蹿，使出轻功跑远了，留下目瞪口呆的小年站在原地。

那飞贼回到江湖上，把这件事跟别人说了，而且添油加醋，说那老李出神入化，自己好不容易才保下一条命。这件事渐渐传开，老李被传得神乎其神，当然流传最广的，还是他说的那句话。

有人的地方就有江湖。

多少英雄侠客赞叹不已。若不是武功天下第一的老李，谁能说出这样大气磅礴又寓意深刻的话呢?

Question

文 / 载卷行舟

为什么古人喜欢对着月亮吟诗？

1

王书生是近年来上京最热门的书生，不管是高官显贵还是贩夫走卒，都以能拿到王书生的墨宝为荣。不过他很少写什么东西，这倒不是因为什么慢工出细活，而是因为他懒。

王书生的懒，和他的才名一样在上京人尽皆知。

可他的才华令人折服，故而在众人眼中他即使是懒，也懒得和普通读书人不一样。普通读书人懒，叫吃不得苦，不成器；王书生懒，则是“大家之风。”

上京共有两位“大家”，一位是南北书院的王书生，锦绣文章满腹经纶，是上京人士公认的大家；另一位是停梅小馆的缎娥姑娘，风姿楚楚美色动人，她的“大家”是自封的，除了自己没人知道。

缎娥基本是停梅小馆的头牌，之所以说“基本”，是因为停梅小馆除她以外，还有二十六位头牌。妈妈为了抬高她们赎身的价格，恨不得把里面的每个姑娘都说成是头牌。

头牌缎娥姑娘非常渴望赎身，奈何她这个月终于攒够赎身的一百两银子去找老鸨的时候，被告知自己又涨价了。

缎娥气到想去跳河。

2

王书生在护城河边的小树林里赏景，注意到河畔的姑娘眼眶通红，心里觉得十分不妙：护城河这个地方，从来是各类自尽事件的高发地点，这人怕是也要轻生。

他拔腿跑过去，扯着嗓子大吼道：“姑娘且慢！”

三步并作两步跑过去以后，他气喘吁吁地对缎娥讲道理：“世界如此美妙，你就算是再难过，也没必要轻生啊？”

缎娥已经打消了念头，不愿意承认："你哪只眼看到我难过了？"

王书生道："你眼眶这么红，还说你不难过？"

缎娥凑近王书生，用涂了凤仙花汁的手指指着眼睛："那是因为我今天涂了红色的眼影。"

王书生强作镇定，他从未离一个姑娘这样近过，难免有些害羞。

缎娥嘻嘻笑了。

王书生觉得自己似乎陷入了爱情。

3

他们分开之后，王书生辗转打听到了缎娥的住处，不停地给她写情诗，在文艺青年的坚持下，缎娥的态度似乎有些软化。

王书生将她约出去："小生是南北书院的王微生，心悦你许久了。"

缎娥听着王微生这熟悉的名字，只觉如雷贯耳，原先想要拒绝他的话也忘记要说了，只道："你不是很懒吗？"王书生这几日每日递一封情诗给她，显然不像是惰于作诗的人。

"那只是先生为我立的人设。"王书生道，"有的诗人仗剑饮酒，有的诗人耽于美食，还有的人心怀天下，小生总该有些不同于常人的地方，才能让人记住。"

缎娥浑浑噩噩回到了停梅小馆。

她捧起王书生写给自己的情诗，只觉得脸红心跳。缎娥是王书生的粉丝，虽然今日王书生人设崩塌，让她有点想脱粉，但偶像多年积累的魅力还是在的。

上京虽然民风开放，常将书生的风流韵事作歌谣传唱，但一个前途大好的书生若是真与青楼女子掰扯不清，仕途上必然也会受到影响。

缎娥思量许久，最终下定决心，忍痛拒绝王书生。

她将王书生的情诗都打包起来，托人带给他，自己只昧下两封，一封打着王书生手迹的噱头，卖了白银三百两，作赎身之用；另一封则留着当作偶像周边每日怀念。

4

王书生收到缎娥的信是在她离开上京的第二天夜里，送信人拿着厚厚的一沓信到了他的小院中。

最上面是缎娥编的故事，她说自己是嫦娥的妹妹，此时应该已经回到月中了，望书生不要挂念。

这故事一看就是假的，王书生觉得气愤，将她写的信团成一团扔到自己的垃圾篓里面。

恰好王书生书院的朋友此时来找他，见他书桌上码着厚厚一沓信，便拿起来想要看看。

信中都是相思绮丽的字句，朋友见王书生这个满脑子学问的木头桩子也有开窍的一天，就忍不住调侃：“这些诗是写给哪位姑娘的？”

王书生负气道：“没有姑娘，是写给月亮的。”顿了顿，他又道，“月中有美人。”

朋友大笑。

至于月中的美人是否存在，倒不是最要紧的，一是王书生作为书院翘楚，读书人的领头人，他说有，读书人也跟着说有；二则月中有美人，实在是一等一的风雅之事，人们大多愿意相信。

是以上京的书生纷纷效仿王书生，对着月中的美人吟诗作赋。

时日长久，竟也成为读书人的一种习惯。

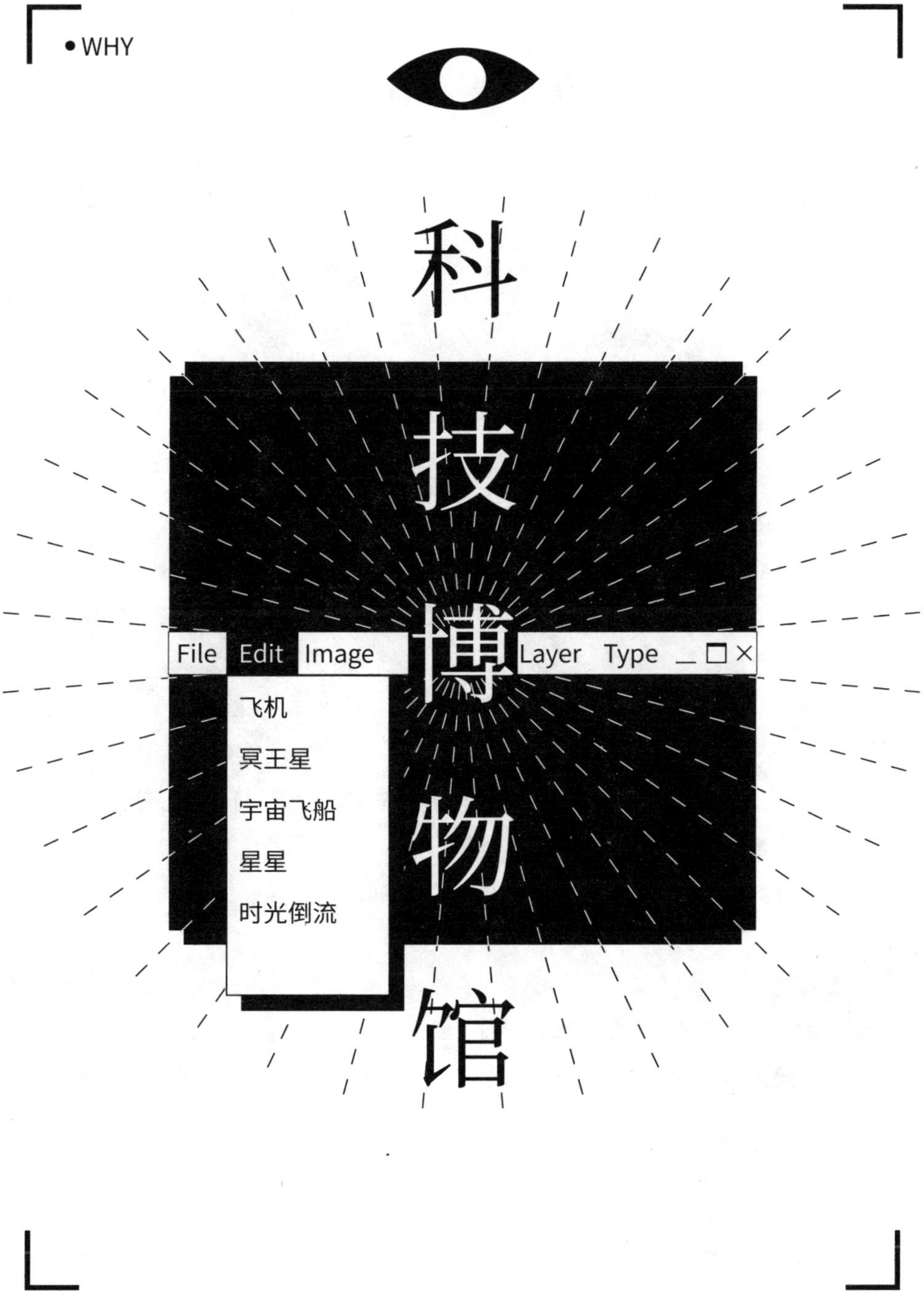

WHY
科技博物馆
File
Edit
Image
Layer
Type
飞机
冥王星
宇宙飞船
星星
时光倒流

Question

文 / 火柴人

为什么冥王星会被踢出九大行星？

“你来了？”朱比特说道。

“我来了。”布鲁托沉声答道。

“你不该来的。”朱比特说，在太阳阴影中的脸，有些模糊不清。

“可我还是来了。”布鲁托昂起了头。

“愿赌服输？”朱比特问道。

“自然愿赌服输。”

“咱兄弟姐妹们可是都看着你呢，”朱比特挑了挑眉毛，“你真敢跟月比一比？”

“那是自然。”阳光撒在他身上，将他的身形照亮。

布鲁托从太阳系边缘千里迢迢赶来这里，只为了给自己正名。

他认为自己就是九大行星之一，不必怀疑。

然而他没有想到，来这里的途中有着无数的危险，他的身躯已经遍体鳞伤，他的剑不知落在何处，可他仍旧想比试一番。

“布兄。”擂台之上，月站在布鲁托的对面，长衫飘飘，长枪负于背后，点头致意。

擂台的另一侧，布鲁托血色浸染了衣衫，手指断了几根，一条腿已经没了，靠着从朱比特那里借来的铁剑支撑着，没有倒下。

“布鲁托，”朱比特在擂台下说道，“此刻反悔还有机会，你回到太阳系边界，永不回来便好。”

“布鲁托不会让九大行星的名号被侮辱。”布鲁托沉声道，“是我的，总会是我的。”

“请！”布鲁托单脚撑地，猛地向月冲去，带起的劲风将观战的众人冲了一个踉跄。

月足尖急促轻点，退到擂台边缘，就在布鲁托剑锋将划过他的喉咙之时，出枪撑地，整个人躺倒在地，躲过了这一剑。

布鲁托眼看就要飞出擂台，他一声怒喝，没有理会地上的月，径直飞了出去。

他飞的方向，是太阳所在之处。

打擂台，为自己正名，都是借口。

他真正的目的，是要杀死太阳。

从出生起，他就向往自由，却被太阳束缚住着，永远无法脱离它的控制。

他是逃得最远的，虽然要忍受极寒，可他却是极为快乐的。

因为他在远离束缚他的太阳。

然而直到近日，他才知道，无论如何逃，都逃不出太阳的无形之手。

他无法得到真正的自由，他的兄弟姐妹也是如此。

不自由，毋宁死！

他取了剑，跨越了太阳系，来到此间，只为杀了那个暴君，那个将所有人束缚在身边的太阳。

近了，更近了。

布鲁托觉得身上越发炽热，仿佛一切都要蒸发了一般。

然而他没有停止。

他对自由的向往，超过了生命。

他一定要杀了阻止自己自由翱翔的罪魁祸首。

太阳没有动，他甚至连眼睛都未曾睁开过。

他感受到了布鲁托的杀意，但是却任由布鲁托执剑前来。

直到布鲁托的躯体，被熔成一个漆黑的核，太阳才张开眼睛。

布鲁托的剑意仍然在前进，即使他的躯体已经死去。

“剑二十三！难道他已成剑圣？”盖亚大惊失色。

太阳终于爆发出最强大的力量，一阵耀斑闪过，布鲁托的剑意在激烈的碰撞中，化为青烟。

那个核，还在漂浮着前进，依然是那么倔强。

“把这逆子的尸体扔到太阳系边界，永远不要让我看到他。” 太阳有些累，眼皮些沉重，“从今以后，太阳系只有八大行星。”

Question

文 / 火柴人

星星为什么不会掉下来？

早上六点三十分起床，洗漱，去楼下买一根油条，一杯豆浆。

七点准时到达实验室楼下。

给杯子倒满水，打开电脑，打开一份文献，放在桌面上，一切准备停当后，我开始守护世界。

我的电脑连接着超级计算机“神威太湖之光”，全世界的卫星——不论是军事卫星还是民用卫星——都为我留了后门。如果我想，我可以对一枚火箭的发射轨道进行全部的计算。

手握如此多的资源，我却仍旧是一个普通的化学系研究生，看着英文文献，做着令人头疼的实验。

因为我需要一个研究生毕业证，找一份工作。

“隐于市，安天下。”这是我家骄傲的爷爷从他那同样骄傲的爷爷那里得到的家训。

“也就是说我们家族不需要任何优待，我们大隐隐于市，却可以保护整个世界。”这是我老爹对于我们家训的理解。

迅速浏览过从不知哪个军事基地发来的报告，我关掉了那个页面。

今天，又是和平的一天。

我喜欢上了隔壁实验室新来的姑娘。

我看到她笑容的那一刻，就心跳不稳。

然而我不敢去追她。

有一个帅哥，每天都会来实验室给她送花，送早餐。

据说他是某董事长的儿子，是将来会接手一个跨国公司的前途无量的继承人。

而我，只是一个手握世界最强大资源，却不能借此谋利的研究生。

直到现在我还得从老妈那里要生活费，以求填饱自己的肚子。

“师兄？师兄？”一个活泼的声音把我从愣神中拖拽出来。

是文文。

“您这里有没有硝酸铁，我想借一点。”她说话的时候很诚恳地盯着我的眼睛，让我有些喘不过气。

“啊，有，有。”我慌忙地转身，去实验台上寻找着那瓶淡紫色的晶体。

“找到了，这里。”

“谢谢师兄！”她甜甜一笑，我心跳又漏了一拍。

为什么，平平无奇的我，却幻想着能与这样一个美好可爱的女孩共度一生？

我进入了从未有过的苦恼之中。

我有着拯救世界的能力，却比不上一个百万富翁的儿子。

如果没有星星掉下来的话，也许我这一辈子，都无法使用超能力，然后就此过完普通的一生，没有任何波澜。

就在此时，我的手机响了。

然而我不想接，我的脑子里全部都是一个柔美可爱的姑娘。

直到我听到了直升机轰鸣的声音。

“你这小子，电话打爆了你都不接，世界要毁灭了你不知道吗？”局长的声音在头顶爆炸，我浑身的汗毛都竖了起来。

王忠诚，我的顶头上司，中国异人局局长。

站在楼顶，肆虐的劲风都不再恐怖。

因为有一个恐怖的大家伙，在我的上空以更加恐怖的速度向地球袭来。

“星星”真的要掉下来了。

“直径 19 千米的陨石，正在向我们太阳系高速移动，按照我们的计算，它在 1 小时之后就会撞击地球。”局长说道，“现在只有你能拯救全世界。”

我看着天空的那一处，闭上了眼，将身体交给脚下。

呼吸之间，我便感受到了一切。

脚下的楼宇，楼下的大地，大地上的河流，河流尽头的大海，大海内的海沟，海沟底部的火山，火山内的岩浆，岩浆下掩埋的地核。我感受到地球上的一切，也感受到在这颗星球上生存的一切。

我发现了文文，她正趴在床上看着书，书名是巴黎圣母院。

有那么一刻，我觉得我是那个钟楼怪人，而文文是埃斯梅拉达。

怪物一般的我，在钟楼顶用复杂的眼神看着心爱的女子。

我要保护这一切。

我抬起头，望向了太空。

无数星辰中，一个丑陋的家伙正飞奔而来。

如果任由它撞击地球，那我所感受到的一切，包括我最心爱的姑娘，都会灰飞烟灭。

我伸出了“手”。

那只“手”有半个太阳系那么长。

“手”的指尖，轻轻点向那个陨石，将它的飞行轨道拨偏了一些，然后看着它从地球身边掠过，没有惊起一点涟漪。

而后，我陷入了昏迷。

我梦见了“驱星者”的历史——那记录在它基因里的一切。

我看到恐龙时代，寄宿在远古恐龙身上的“驱星者”一代代驱走将要靠近地球的陨石。

我看到那位拥有智慧的祭司在准备驱走一颗陨石时，异特龙的尖牙穿过他喉咙的瞬间。

我看到亚特兰蒂斯沉没时，那位人类先知，没有用寄宿在自己身上的能力去拯救这块大陆，而是沉默地离开它，因为他身上背负着更加神圣的使命，而这关系到整个星球的兴亡。

我明白了，为什么我的祖先，会留下如此骄傲的家训：隐于市，安天下。

醒来后，我未曾想到第一个看到的人是文文。

“没想到师兄竟然也是异人！”她可爱的眼睛瞪得圆圆的，仿佛看到什么有趣的东西一样。

“臭小子，电话不接我差点找不到你！”局长给我一个爆栗，完全不顾我是刚刚过拯救世界的、从昏迷中醒过来的救世主，“以后跟着局里的新人文文，她负责向我汇报你的情况。”

“文文……也是？”我艰难地看向局长。

“异人局新人，文小文，能力是读心术，师兄多多指教啊！”文文笑了起来，眼睛弯起来好像天上的月牙一般。

“你会读心术？”我感觉胸口一口老血要喷出来了。

“别担心，只是新手，只有非常强烈的心思才能读到的。”文文笑道，“所以师兄隐藏得很深呢，关于你是异人的事情，我完全没有读出来呢！”

“好了，以后你们在一组，可以有个照应，我要回局里了。”局长左手搂着我，右手拍着文文的肩膀，“文文，照顾好这个小子。”

“好的局长！”文文朝我眨了眨眼，笑得很甜。

这个笑容，我要用余生去守护。

Question

文 / 柠檬黄

为什么飞机害怕小鸟？

多年以来，小鸟们其实一直都深受飞机的欺压。

自从飞机被发明出来，他们就凭借自己的钢铁之躯在天空中横行霸道，不许小鸟到他们的机场附近，也不许小鸟经过他们的航线，甚至有一天，飞机们宣布，禁止小鸟在他们的天空飞行。

这个告示一出，鸟界上下无不震惊。

“我们这天空霸主的地位，已经独占了至少几千万年。”小鸟在内部会议上慷慨陈词，“从恐龙灭绝以后天空就是鸟类的天下，飞机凭什么赶走我们？”

“就是的呀，要是严格论起来，飞机飞行的原理还是人类跟小鸟学的，我们还是飞机的老师。”

一群鸟叽叽喳喳聚在一起，讨论了半天也没点结果，正当大家以为这场讨论要无疾而终时，其貌不扬的乌鸦说话了。

“要想对付一个敌人，就要以己之长，攻彼之短。”乌鸦踌躇满志地说，“飞机是没有智商的人造物，想要对付他们，还是要以智取胜。”

次日。

乌鸦独自出现在了机场，故意在飞机旁边走来走去。果然没过多久，一架飞机就注意到了它。

“走开，乌鸦。”它说，“这里是机场，不是你该待的地方。”

“你这个小同志。”乌鸦说，“说话对前辈尊重一点。”

飞机哄笑起来。

“你一只小鸟，装什么大佬。”

“呵，原来你不知道啊。”乌鸦轻蔑地瞥了它一眼，“我问你，你们飞机的服役年限是多久啊？”

“二十年啊。怎么啦？”

“那二十年以后，飞机都去哪里了？”

“哎，”飞机重重叹口气，“我听说基本上报废掉了，然后送回工厂。运气好的可以进博物馆，一辈子在地面上当展品……”

乌鸦故作惊讶。

“什么，原来你不知道。”

“不知道什么？”

“飞机退役以后，就会被做成小鸟呀。”

这句话颠覆了飞机的整个世界观。

“飞机怎么能做成鸟？”他问。

“当然能了，要不然你以为鸟是怎么来的。”乌鸦接着忽悠，“听好了，飞机里的黑匣子不是装了所有飞行记录吗？那个就是你用来学习的大脑，等你的身体报废了，大脑就会带着记忆被改装成小鸟，这样的话你就能继续在天上飞啦。”

“那真是太好了。”飞机长吁一口气，“我一直都害怕被送回工厂。”

“你也别高兴太早，能不能成为小鸟是要考核的。”

“考核？”他一下子慌了，“怎么考？”

“其实也挺简单，就是鸟类代表投票，只有获得较高票数的飞机才能变成鸟。”

“鸟类代表？那是谁？”

“就是经常来机场看你们的那些家伙，他们其实就是来考察到底谁是合格的。”

乌鸦说完，拍拍屁股飞走了。

临走之前，他还不忘嘱咐飞机说：“这件事是机密，你可千万别说出去。”

当然后来，一传十十传百，这件事还是流传开了。

从那时候开始，小鸟们明显感觉飞机都对自己毕恭毕敬的。

至于原因嘛，你就想想评优的时候，你们害怕管理员的感觉吧。

Question

文 / 火柴人

为什么时光不能倒流？

我是时光管理者。

我在这个位置已经待了，唔……我也记不清多久了。

在我面前，时间就是一个圆圈，它既向前走，又向后走，也向左走，甚至还向右走。

跳出时间，你就会看到，它不是一成不变的。

不过人类啊，你们只是普通的三维生物，是无法理解我的话的。

不过不得不说，我很佩服你们。

你们人类当中有些家伙，是可以从时间长河中跳出来，以更高的身份与我对话的。

大禹就是其中一个。

他第一次来我这儿，浑身湿透了，脚上沾着沙子，呆滞得不得了。

直到他得知我能够帮他回到过去，他才回过神来。

他说他要回去救他老婆。

我送他回去了。

然而没过多久，他又跳了出来。

他虽然拯救了老婆一次，但是，洪水太大，他老婆又被冲走了。

我觉得他这人还不错，便又送他回去了。

他救了十几次，可老婆还是被洪水冲走了。

最后一次，他眼神狠厉，牙龈里渗着血："老爹，最后送我回去一次，我要把这洪水都灭了！"

我点点头。

那是我最后一次见到他。

他为了救自己的老婆，把整个华夏大地的洪水都给治了。

后来我又遇见一个叫作爱因斯坦的家伙。

我很少见到人类能来这里，于是就开着我新买的光速飞船带他在时间的长河里四处逛了逛。

他问题很多，就像他蓬松的头发一样。

我答不出来那么多的问题，比如他问我如果我静止在原地，那么他开着我的光速飞船跑一年回来，是不是我就老五十岁，而他才老了一岁。

道理好像没问题，不过我都已经几亿岁了，老五十岁也看不出来什么变化啊。

而且我怕他开走了我的新车，就不再回来了。

于是我俩换了个位置，他在原地，我开车跑一年。

结果，我堵车了，连城都没出去，堵了四十九年。

我没有跑完预定的路程，原路返回。

他从一个头发乱糟糟的青年变成了头发乱糟糟的老头。

他特别兴奋地抓着我的手，说："没错没错，就是这样，相对论是正确的，哈哈哈哈。"

我看爱因斯坦那么兴奋，就没好意思告诉他堵车的事儿。

等他回到三维空间，也就是你们的地球时，我听说他发表了一个理论，就叫相对论。

"你小子是我见过的第三个地球人。说吧，你有什么问题，或者有什么要求？"

我看着面前的胖男孩，满脸微笑。

"我忘了看昨天晚上的演唱会，你能让我回去吗？"他非常热切地冲了上来，抱住我的肩膀，身上的气味熏得我有些晕。

"好的，坐标 24 小时前，走吧！"我把他丢回了时间长河。

我再也没有见过他，看来，他再也没有做过让自己后悔的事情了。

Question

文 / 周小凡

宇宙飞船为什么飞不出太阳系？

“阿尔法同学，请给同学们介绍一下你的暑期作业。”

阿尔法点点头，轻轻挥了挥触手，周围的景色立刻变了，所有人都置身于一片星系之中，当然这只是全息影像而已。

阿尔法指着星系中最耀眼的那颗星说：“这是一颗恒星，它的名字叫作太阳。”

老师赞许地点了点头：“你用整个暑假的时间，造了一个星系是吗？这种‘微型宇宙模拟仪’好像是最新的产品，虽然只有一个房间大小，却能模拟出真实的微型宇宙，价格应该不菲吧。”

同学们议论纷纷，大家都知道，阿尔法的家族是这个星球上赫赫有名的大家族之一。但阿尔法只是点点头，冷静地问道：“老师，我可以开始了吗？”

老师点点头：“请开始吧。”

“起初，我模拟了宇宙大爆炸，然后加快了时间流逝的速度，直接通过改变一些算法，让这个星系产生了生命。”阿尔法指向一颗蓝色的星球，“这颗星球叫作地球，无论是温度还是气候，我认为都是最合适生命生存的。”

老师说：“嗯，从微生物开始的进化过程就跳过吧，我想同学们比较好奇的，还是这个星系文明诞生的过程。”

“好的老师。”阿尔法挥了挥手，全息影像开始改变，然后放大，呈现出地球上的面貌，有许多巨大的兽类四处游走，“这种大型生物叫作恐龙，是地球早期的霸主。这种生物体格巨大，但是大脑并不发达，我本来期望恐龙能进化出更高级的生命形态，但是在一亿七千万年的太阳系时间里，恐龙依旧没有发生任何进化。”

“大概是它们在星球上没有天敌。”

“是的，我也这么觉得。丧失了竞争，物种就很难再向前进步了。”阿尔法说，“所以我制造了一场灾难，让恐龙彻底地灭绝了。”

“灾难？”

“是的，我让一颗小行星落在了地球上。”

“那真是一场灾难啊。”老师不自然地笑了笑，“那么之后呢，诞生了新的智慧物种吗？”

“当然，之后出现的智慧物种，叫作人类。”阿尔法挥了挥手，影像中出现了不少双足站立的新物种，“这种物种，是从类人猿进化而来。它们的体能在自然界中并不占据优势，在长时间的演化中，它们通过团体协作、制作工具等方式，在严酷的自然环境下生存了下来。”

“所以人类发展出了文明？”

“嗯。虽然发展了几千年，还处在一个较为低级的阶段，但是从很多方面来说，他们对于更高级宇宙文明而言，还是有一定的研究价值的。”阿尔法表情严肃，“人类，和我们在宇宙中发现的所有低级文明一样，自私自利，争斗不休。但是任何文明，都是要经过这样混沌的阶段，才能够迈入下一个阶段。”

老师赞许地点点头：“好的，阿尔法同学的介绍就到这里，同学们有什么问题要问吗？”

一个同学问：“那么这个微型宇宙模拟器究竟要多少钱呢？”

同学们一阵哄笑，阿尔法不好意思地挠挠头，才小声说出一个数字，笑声戛然而止。

许久之后，才有一个同学又问道：“这个模拟器里的恒星、行星还有这些人类，都是完全真实的吗？”

“是的，它们真实存在于这个微缩宇宙中。”

“如果人类文明能够观测宇宙，他们会发现世界的真相吗？”

“当然不会。在他们的观测中，宇宙无穷无尽，但这都是模拟器制造出的假象，其实太阳系的边界，就是这个宇宙的边界了。”

“那如果有一天，人类文明拥有了能够飞出太阳系的飞船，那该怎么办？”

“这个问题非常好。”阿尔法点点头，“我已经精密计算过太阳系内的资源数量，以人类的发展现状来看，他们毫不节制地消耗资源，应该是无法达到这样的科技水平的。”

“可是科技是会出现奇点的，万一人类真的做到了呢？”

“如果真有这一天，当人类的飞船来到太阳系的边界，就会因为各种意外而爆炸。如果人类文明的发展过于迅速，超出了这个模拟器的限制的话，我会启动重启系统，这个太阳系会在爆炸后消失，回归到最初的状态。”

“真是可怜的文明啊，直到消失，都不知道自己只是高等文明的玩具。”老师感慨着。

“老师，千万不要这么说。”阿尔法的表情忽然变得异常严肃，“也许我们也和人类一样，只是更高等文明创造的玩物呢？谁都不能否认这种可能，对吧？”

● WHY

食物有魔法

维持谎言的魔法消失后，与他有关的一切灰飞烟灭。 ——扶他柠檬茶

Question

文 / 扶他柠檬茶

为什么很多食物（瓜子、花生、蛋、荔枝……）上都有一层薄膜？

上小学时，我问过我的同桌阿华，为啥瓜子里有一层膜。

阿华是我们班的班长，人长得白白净净的，戴着副眼镜，说话很慢，显得少年老成，看着就很可靠。他说：“‘膜’这个字，是一个月，一个莫。对不对？”

我点头。

“膜有很多意思，就好像人有亲戚，字也有亲戚。”

“那膜的亲戚是什么？”小学的时候大家都字儿不识几个，在我看来，阿华就是个天才。

阿华说，是胖。

“膜的亲戚就是胖，一个月，一个半。”他说，“膜的意思其实就是胖加上莫，告诉大家，会胖，莫吃。这是为了警告大家，这些东西吃了会变胖。你想想，这对不对？”

对啊，我想，阿华说的没错，吃下去是会发胖。

“这个方法是一个善良的公主发明的，”他在课本上用铅笔画了个小公主，“最初，食物上都是没有膜的，大家不知道吃啥会变胖，全都胖成了球。而公主天生就有魔法，她对食物施法，如果这种食物吃了会胖，就会长出一层膜，以此警告大家少吃。”

“啊？这样的话，公主为啥不施法让大家怎么吃都不会胖？”

“……这个，也许有的人想变胖呢？对不对，要尊重大家的主观意愿嘛。”

“好吧……”

阿华说，当时，整个世界在公主魔法的庇佑下和平安乐，大家好好地做着体重管理，会让人长胖的食物都好好地长着一层膜。

然而木秀于林，风必摧之，公主强大的魔法引起了周围各国的忌惮。他们也让自己国家的魔法师提醒人民，一定要忌惮这个强大的公主。“忌惮”音同“鸡蛋”，所以蛋是所有荤菜里面唯一有膜的。

总之，公主被群起而攻之了。

她这边也愁，因为这时候公主准备成亲了，她的未婚夫王子却被敌军截在半路过不来。

公主一愁，精神就没法集中了——玩过法师的都知道，精神决定魔法攻击的伤害量，精神属性若不好，满级法师也和普通人差不多——于是全国上下那些带膜的食物一夜之间全都没了膜。民众一看，以为是这些食物终于改过自新，变成好吃又不容易让人长胖的东西了，就一顿狂吃，结果最后个个都体重超标，士兵肥得穿不进铠甲，仗都打不了。

眼看公主的国家战斗力锐减，这时候，未婚夫王子突然从天而降。

原来被敌军拦截住之后，王子用爱感化了敌军，对方放过了他。

我很意外："敌军那么好说话？"

"不是的，"阿华摇头，"王子说，要是再不放他去结婚，说不定公主就要过来找他了。到时候战时一切从简，当场在小树林里成婚，敌军所有人统统算是参加了婚礼，要交份子钱。"

"不就交个份子钱吗？五六百的事儿。"

"按上海的标准交，少于两千你以后见了这家人都抬不起头来。更别提人家是皇室婚礼，份子钱五千起步。"

士兵就放王子走了，于是王子顺利来到了公主的城堡，两人成了婚。

我问，那公主的魔法是不是也恢复了？

阿华想了想："公主挺大年纪才结婚的，又经历波折，心里乐坏了，魔力失控，波及了敌国。其他国家所有的食物不管吃了会不会让人变胖都长出了膜，以至于国民不敢乱吃东西，大多营养不良。"

公主结婚后，就致力于控制自己失控的魔法。

其他国家的很多人都因为公主的魔法而营养不良，但他们敢怒而不敢言，于是将一张薄膜贴在脸上。

我觉得这听起来像是面膜。

阿华说这就是面膜的由来，因为"面膜"谐音"灭魔"。当然，公主那边的群众肯定将她视作救国英雄，为了纪念公主，魔法也常被写作膜法。

这是一种强大又危险的能力，善良的人掌握了自然能够做好事，不善良的人可能就会用它来偷电瓶车。公主在备孕之前专门搞了个《关于魔法传授及使用办法细则》，简称法办，用来劝告大家不要乱用魔法。

现在有句话叫作“犯罪分子终将被法办”，就是源自这里。

Question

文 / 扶他柠檬茶

为什么辣条这么好吃?

小学五年级的时候，辣条这种零食突然流行起来了，迅速侵占了学校小卖部。那时候最便宜的零食，小包装五角钱一袋，大包装一块钱一袋。然后普通孩子每天零花钱是五块，有钱一点的话就是十五块。

我们班有个男生叫小东，老爸据说是某银行高层，每天早上上班前在桌上给他留一百块零花钱。

我家是普通的工薪家庭，零花钱也就五块、七块；阿华不吃零食，所以推测不出他的经济水平。

有天我问阿华吃不吃辣条。“可好吃了！”我说。

他笑了笑，说不吃这个。

“我请你吃呀，上次你还教我做数学题。”我把零食给他，“你知道这东西为啥那么好吃吗？”

阿华推了推眼镜：“知道。”

他总是什么都知道。

阿华拿起一根辣条，把它搭在两根手指之间：“你看，它像什么？像不像一座桥？”

“不像，像木板。”

“……这是板桥，现在不太常见了，古代很多都是板桥。”他把辣条放进嘴里，“说起板桥，你知不知道从前有个叫郑板桥的人？”

我摇头：“你是说，辣条是郑板桥发明的？”

阿华咳了一声：“不是。”

他说，郑板桥曾经有个邻居。和郑板桥这样的人做邻居，就好像一个看《小李飞刀》长大的人发现隔壁住着焦恩俊，全天二十四小时都能保持高亢的情绪。

邻居起初一天到晚往郑板桥他家跑，但是，郑板桥先生性格孤傲，并不把这个邻居当回事。

为了引起偶像的注意，邻居决定铤而走险。

“板桥老师的艺术修养很好，不像你，每次美术课都要我帮你画画。”阿华把问我借的蜡笔还给我，“邻居就决定把他画的场景还原成料理。”

“好棒啊！”

于是，邻居先生就开始进行“郑板桥画作立体还原”计划，在经过了一年的努力钻研之后，计划宣告失败。

我一脸茫然。

“没办法，世间不如意十之八九。”阿华安慰我。

可郑板桥先生毕竟是个有名望的艺术家。这个项目传出去，民间顿时纷纷响应，邻居开了众筹，做了PPT，写了招商书，设了AB轮，半年后进了新三板。

这个料理计划被称为“板桥计划”，整个板桥粉丝团都在研究，要怎么从色香味等多方面还原出板桥先生的画作。就这样经过了多年研究，事情有了意想不到的进展。

“研发出来了？”

“不是，是邻居的公司被人收购了，从此邻居拿着巨额财产，过上了醉生梦死的生活。直到郑板桥去世，这计划都没完成。”

“但是，就在这时候，民间有个传言。据说郑板桥也知道这个计划，于是留下了一个彩蛋。传闻只有集齐他三幅画并且真正敬爱他的人，才能得到这个彩蛋……”

“真的吗，阿华，这剧情听起来有点耳熟。”

“怎么会。这时候，有个不甘心的少年人决定找到这个彩蛋。”

“等等，你是不是把做菜这条线给忘了？”

“你再抬杠的话，明天英语默单词就不提醒你了。”

在经过艰苦卓绝的努力后，少年仍没有在有生之年解开彩蛋之谜。于是他把这个执念留给了自己的后人，这个家族从此就以“找到郑板桥先生留下的彩蛋”为最终生存目标，简称“生蛋”家族。

“其实我们班就有生蛋家族的后人。”阿华说得神秘兮兮，眼神往小东那边瞟；小东正拆开一包辣条，慢条斯理地啃。我也跟着往那看，结果引起了小东的注意。

“要吃吗？”他从课桌里掏出一包新的辣条给我。

阿华手忙脚乱地替我回绝了，把我拉到角落：“其实在建国前，生蛋家族就已经破解了彩蛋。郑板桥先生留下的盒子里，赫然装着和他的画一样的料理。”

辣条的原料是腐竹或者面筋，最初是腐竹。而腐竹展开之后质地就如同薄绢画布一般，顾名思义——“和画一样”。

“原来郑板桥早就知道邻居对他的仰慕之情，表面上装作毫不在乎，实际上也在帮邻居一起研究。盒子里装着的，就是腐竹。”

生蛋家族的族长得到盒子后欣喜若狂。但那时候没有冰箱没有快递，他是在漳州得到盒子的，要带回苏州老家。路途遥远，为了防止食品损坏，一家之主充分发挥劳动人民的智慧，加入辣椒、花椒等调料，用油浸、盐腌等方法烹饪，成功将腐竹制成了辣条这种美味的食物，带回了老家，传向了世界。

“可既然这个故事那么坎坷，为啥辣条的生产厂家不用来宣传啊？”

“因为……因为太好吃了，半路上辣条就被族长自己吃完了。”阿华惋惜地叹了口气，“族长既是家族的荣光又是家族的叛徒，大家不得不对这件事三缄其口。”

“辣条的由来我知道了，但是你还是没解释为啥辣条那么好吃啊？”

阿华问，还记得之前我和你说过的会魔法的公主吗？生蛋家族其实是公主的后人，都有魔法。

“你是说辣条那么好吃是因为被施了魔法。”

“对，它被施了魔法。”

因为有魔法，所以才那么好吃。

放学了，我在公交车站看到了小东。

“小东！”我叫住他，他挺惊讶的，大概没想到我会和他打招呼，“小东，阿华班长说你是生蛋家族的后人，是真的吗？”

小东怔怔地看着我，过了几秒钟，他点了头：“是真的。”

Question

文 / 扶他柠檬茶

为什么奶茶喝了之后容易失眠？

初中的时候从台湾那边吹来了一阵珍珠奶茶风，当时大街小巷全是卖珍珠奶茶的，女生们人手一杯奶茶，好不壮观。

小学毕业后，我和阿华又上了同一所中学，他还是班长，门门都考第一；但是让我们意外的是，小东居然也转学过来了，据说他家原来是准备送他去美国念书的。

放学时我和阿华往地铁站走，小东从后面和我们打了招呼。他不要家里接，说自己走回家可以锻炼身体。

地铁站前有个卖炸鸡奶茶的小店，我路过时总要买一杯珍珠奶茶。

“你现在喝，晚上会失眠吧？”阿华推推眼镜，初中放学已经四点半了，回家准备准备就要吃晚饭。

“会吗？奶茶里面是红茶还是绿茶？”小东皱眉琢磨我的杯子，“我记得有些红茶不会导致失眠吧。”

“红茶还分种类吗？”我那时候只知道有红茶和绿茶两种茶。

小东点头：“分很多种。而且红茶的话，中国红茶和西方红茶也不一样。下次有人送我爸茶叶的时候我各拿一点给你，给你那种不会睡不着的。”

“谢谢！”

阿华忽然跳到我们中间：“铃铃，你想不想知道喝奶茶为什么会睡不着？”

“我知道啊，因为奶茶里面有茶呀。”

“不是的！”阿华脸都红了，支支吾吾说不出话。

小东问：“是不是因为里面被施了魔法？”

“对！是因为里面被施了魔法。”

阿华说，从前那个会魔法的公主，她的国度盛产牛奶，所以叫奶国；她的丈夫是茶国的王子，茶国顾名思义就是一个盛产茶叶的国家。

公主和王子结婚后，两国的经济也加强了联系。奶和茶叶的出口贸易额在他们结婚那年达到了三百亿美元，是往年的三倍。

于是，一种叫“奶茶”的饮料也随之诞生了。

公主准备给奶茶施加象征他们美满爱情的魔法，让人喝下去就感到温暖而幸福。

而就在魔法即将施展前，他们婚变了。

公主有个骑士护卫，他仰慕公主多年，眼看公主结婚了，内心痛苦不已。于是骑士找到了自己的好哥们，宫廷法师。这位法师大人同样法力高强，只是有点懒，不爱动弹。

骑士问：“兄弟，你有啥办法没有？”

法师把奶茶一饮而尽：“兄弟就是在你有女人的时候当你的兄弟，你没女人的时候当你的伴侣。”

骑士婉拒了他的兄弟情：“我是认真的，要不咱们干掉那个王子？你掩护我冲锋，送他上西天。”

法师说不行，现在命案必破，你也算公务员，抓到了就算不枪毙也是双开，养老金全都泡汤，不值得的。

法师说：“公主的心又不是铁打的，她和王子结婚也就是联姻，毕竟面都没见过。搞不好婚后过个一年就各过各的了，到那时候，还怕她想不起你？”

骑士一听，对啊对啊！

于是骑士就开始等。结果等着等着，越等越不对了，公主和王子恩爱如初，都快把奶茶当成爱情的象征端上国宴了。现在年轻人谈恋爱就流行送奶茶，奶茶成为了全国通用的定情信物。

就在这时，王子那边出事了。原来王子从小就是个向往魔法的孩子，无奈自身学习魔法的天赋不高，他和公主结婚的最终目标就是向公主学魔法。

公主自己的魔法是很厉害，然而她不太会教学生。为了不让王子失望，宫廷法师被要求去教导王子魔法。

没想到学了一年魔法之后，王子居然丢了王冠，一仰脖子：“我不要当王子了，公主和继承权啥的统统不要了，我要和宫廷法师一样当个大魔法师！魔法使我快乐！”

王子和宫廷法师师徒俩去云游四海探寻魔法那古老的源头了。公主站在城头目瞪口呆：“为什么……这是为什么……”

骑士心里乐开了花。虽然自己失去了一个兄弟，但兄弟可以来生做，公主却是他的今世缘啊！

骑士单膝跪地：“公主，我亲爱的公主，请不要苦恼。让我带兵去追杀那两个叛徒吧，我一定把他们俩的人头献给你！”

公主泣不成声：“别杀他们。”

“为什么？他们伤你这么深！”

“这两个人给我造成了如此之大的精神伤害，如果单单只是派你追杀他们，根本起不到威慑作用。”

公主下令，让全天下只要是喝过奶茶的人都为她追杀王子，她给奶茶施了魔法，只要喝了奶茶就会睡不着觉，这些这些人就会不分昼夜地追捕逃走的王子和法师。她要让这两人感受到被全世界追捕的恐惧感，夜不能寐。

“……这是不是狠了点啊。”小东听到这儿，忍不住打断了他。

“当然，这样惨绝人寰的法术，法师肯定不会坐视不管。”阿华说，“天地万物分阴阳，男阳女阴。法师施展了法术与公主进行对抗，大家打成了五五开，从此，白天的时间，法师的法术占据优势，你喝奶茶没事；等到了晚上，阴盛阳衰，公主的法术便占据了优势，奶茶就会让你彻夜难眠。”

原来如此。

我“嘟噜噜”吸光了一杯珍珠奶茶，准备在家门口再买一杯。

Question

文 / 扶他柠檬茶

为什么玉米能被爆成爆米花？

小东说他最近在研究做饮料，就用家里的材料做奶茶，时不时就会带一瓶实验品给我尝尝。比外面卖的奶茶好喝多了。

一转眼就寒假了，初中生们都陆续配了一部手机，就是那种黑白翻盖的。我和小东互换了手机号，阿华没有手机，他说这东西影响学习。

寒假里有一天，小东问我和阿华去不去看电影，他请客。我提前五分钟到电影院，到的时候阿华正看着爆米花的摊位发呆。

他问我想不想吃爆米花，我点点头。阿华摸摸口袋，迟疑了一下，然后买了一小桶，给我抱着吃。

“爆米花是用什么做的啊？”我问，“是米吗？”

“关于爆米花的来源，众说纷纭，”阿华的眼镜有一瞬间的反光，“传说是古代日本的一个皇子发明的。”

日本在古代由于资源缺乏，大家不得不考虑怎么吃东西最管饱。那时，有一对心地善良的老夫妇，他们没有孩子。一天砍竹子的时候，老翁从竹子里发现了一个女婴……

“这故事好像在哪儿听过？”我忍不住打断他，“那个女婴是不是月亮上来的？”

“你又知道了？万一她是月野兔呢？”他抓了一把爆米花塞进嘴里，“总之女婴长大了，变得白白胖胖的，成为日本第一美人。无数有钱人、城主和皇子，都争相向她求婚。”

“那个发明了爆米花的皇子也向她求婚了？”

“没有，那个皇子一心沉迷学习，没空理会那种儿女私情。”

“……那你铺垫那么多干啥？”

“但是皇子一看，在穷人家长大的美人居然还能如此白白胖胖，说明营养均衡。为了国民的整体健康，皇子决定不耻下问，看看这户老农家平时究竟吃什么。”

起初，老农见皇子来了，以为他也是向自己养女求婚的，热情地招待了他。但当王子说明来意后，老夫妇面露难色。

“难道他们不愿意说平时吃啥吗？”我问。

阿华点头。这时候，小东来了。

我和小东说，阿华正在告诉我爆米花的由来。小东有点茫然地看着我们手里的爆米花：“……其实票里面包含了可乐和爆米花的。不过爆米花到底是怎么来的？”

皇子反复询问，晓之以理动之以情。于是，老人终于被他的诚心打动了：“还以为殿下也和那些男人一样，只是垂涎我女儿的美貌才会不断前来，但如今看来，您真是心怀百姓。这样，那我也不能藏私了——今夜凌晨三点，请您独自前来我家后院的竹林。”

在约定的时间，皇子出现在竹林中。只见老人早已等在那了，手边有一个大大的箱子。见到贵客到来，他小心翼翼地查看皇子有无被跟踪，然后小声道：“殿下，这个箱子就是老身要给您的大礼。”

皇子打开箱子，里面赫然有一顶白帽子。

王上加白，皇子顿时会意：“先生可姓姚？”

老头神秘一笑。

“请先生指点一条明路……”

“殿下，您看……”

将白帽子拿开，箱子里面还有几盒东西，看样子像吃的。上面用正楷写着几个字：“福民养生阴阳长生胶囊”。

“这个胶囊里面包含了人体所需的七十二种营养素，原来要卖九千八百八一盒，凭身份证每人限购一盒，”老人把它放到皇子手里，“但老身与皇子有缘，今夜，这些您都可以带走，一箱五盒，十五盒一疗程，两疗程服用最好。一箱胶囊，只算您一万八千八。”

“……那个，班长，我觉得这老头不像个善类……”小东说。

“这叫老而不死是为贼，平时同学们都要提高对这种来路不明的保健品的警惕。”他推了推眼镜，“——于是，皇子终于得到了美人白白胖胖的秘密……”

“不，我觉得她长得胖和这个保健品没关系，我看网上说胖瘦是基因决定的，天生就胖的人喝凉水都会胖的。”小东很认真。

“我只关心皇子真的买了没有，买了多少？”

“买了三十六箱，准备带回宫分给皇族作为赏赐。”

电影快开场了，小东把票给了检票员：“这个智商的人当皇子真的没问题吗……”

总而言之，可疑的保健品成为了宫中的新宠，由于大家都觉得吃下去真的很有效，老头那边的订单堆积如山。女儿成为产品的代言人，老头扩大生产，赚得盆满钵满。

“……不，如果卖这东西也可以赚钱，说明这地方的经济应该每天都是涨停板，为啥大家还会吃不饱饭……”小东揉着眉心。

我安慰他：“古人都死了。就别在意那么多了。”

然而，问题很快就来了，不知道这保健品里到底添加了什么，吃下去之后，人会胖得停都停不下来。

全国人民都患了肥胖症。皇子去找老头，想看看有没有能让人再瘦下来的保健品。

“当然有！”老人说，“这是‘赤水五行万年散’，只要吃两个疗程，体重就能显著减轻，永不反弹！”

大家转头去买新的保健品，都买到倾家荡产，民不聊生。老人美丽的养女终于看不下去了，她偷偷地对皇子说：“你今夜来见我，我有秘密相告。”

皇子与她见面后，她拿出了一小袋东西给他。

“那边有一座炼狱之山。”她说，“这个袋子里装着神圣之物，只要你将它洒向山顶的熔岩，如今的惨剧就会终结！”

于是，皇子带着那袋东西出发了。他冒着风雪登上那座火山，心里想着一定要完成目标——

“于是他把袋子里的东西洒进火山，就变成了爆米花吗？”我问。

阿华摇头：“皇子吃减肥药吃太多了，拉肚子累死在了半路。”

周围的黑暗中，好像有人喷了可乐，我没看清是不是小东。

“但是人们从皇子手中发现了那个小袋子，里面就是仙草种子——玉米。经过仔细研究后，大家学会了用火山的热量来烹饪玉米，意外地发明了爆米花。”

“……那么那个美女呢，她回月球了吗？”

“她养父母涉嫌欺诈，她在日本混不下去了，于是远嫁西方，”他说，“之前那个会魔法的公主，就是她的女儿。”

Question

文 / 扶他柠檬茶

为什么BT烤翅那么辣?

我们这个地方，原来是不吃辣的。不知道从什么时候开始，麻辣烫风靡全国各地，掀起了一股吃辣的狂潮。班里的男生们也会互相吹嘘自己有多能吃辣，衡量标准是学校门口卖的变态辣烤翅。

我们也去试过，这种烤翅辣到舔一下嘴唇都会肿，大家都不知道这是拿什么做的，有人说是用什么外国的死亡辣椒。

我们也拿去给阿华吃过。人不可貌相，看着文气的班长是班里最能吃辣的。

阿华吃完了整根鸡翅，只是微微皱了皱眉。在我们赞叹的时候，他却说："你们别吃这个啊。"

我问为啥，他说，这种辣翅，其实每一根里面都封着一团怨念。

"啥怨念能给封在鸡翅里？"

阿华指指天上。

"飞机？"

"……不，不是。是堕天使。"他说，"从天界坠入人间的堕天使。这个起源说来话长了……"

从前有个地方叫天界，差不多就类似天庭。天使们也就是天界的员工，过着和人界没啥差别的日子，也要起早贪黑打卡上班。

然后天界会派天使来人界出差，考察考察，最近人界治安咋样啊，人口平均道德质量咋样啊……

天界这地方规矩很多，有的天使就喜欢来人界胡吃海喝，他们尤其喜欢一种叫作"川菜"的人间美食，香辣火爆，是天界没有的。

很多天使来人界出差全往四川跑，一边说好辣好辣一边说好吃好吃。但天使平时的饮食都很清淡，吃多了火锅难免腹中告急，飞回天界的时候就忍不住边飞边排泄……

中午大家都在吃饭，有人听到这里默默放下了手里的筷子。

“天使拉出来一条银色的河流，好像喷气式飞机。一大堆四川天使的排泄物汇成银色大河，就是今天的银河……”

我也放下了筷子，有点没食欲。

但是，银河的一头连着天界，一头连着地狱，于是地狱里面的恶魔们就动了坏心思，打算循着银河爬上来进入人间。

“他们来人界干啥？”我问。

“开火锅店，因为他们发现天使的钱特别好赚。”

“所以他们为啥是反派？”

“剧情需要，别问那么多，吃你的饭。”

不行，我吃不下。

总之，恶魔在人间开起了火锅店，专门做天使的生意。这时候他们的心思坏了，就想，要是在火锅里多放点大料辣油，那些天使是不是就会把银河拓宽？这样就能建立“地狱——人间——天堂”直通高速公路，建立收费站，增加地区收入……

有天，天使们发现川菜更好吃了，辣油更多了也更香了，就是闹肚子有些受不了。再加上天界出了新规定，天使出差时候的补贴改了，要用多少报多少，凭发票，每人每天的交通费和伙食费都有金额限制。

恶魔们开的四川火锅店顿时生意冷清。

这时，银河高速也快建完了。天界有个大天使，是四川火锅的忠实粉丝，十分思念火锅的味道，于是他打量着银河高速公路想出了主意。

反正有高速，三界往来不过是一小时的事儿，为啥不把四川划成天界的地盘，如此一来，这些川菜店统统都算自己内部的食堂。要知道在食堂吃饭，吃多少都是能报销的。

大家都觉得这个办法好，立刻通过了，这就是成都叫作“天府”的由来。

于是火锅店成了食堂，大家有钱继续赚，高速的收费站也搞得风生水起。

有一次，天界派了一大堆天使下凡考察，这群天使在火锅店暴饮暴食三天后，天界突然通知：“咱们的总部挪了，从原本海平面上五千公里挪到三万公里。”

挪就挪呗。天使们拍着肚皮，没当回事。结果等出差完要回去的时候，问题来了——

吃太多了，飞不到三万公里。

这群飞不动的天使只好回到人间，思考以后该咋办。这个时候，磨刀霍霍的恶魔们围了上来……

我一惊："难道恶魔们将他们做成了变态辣翅？"

阿华惊愕："为什么你口味总那么重？恶魔们一看天使落难，纷纷招收他们来自己店里当营业员……"

"那还叫什么恶魔啦？！叫送温暖！"

"但天使一直留在人间，法力流失，他们很快就无法隐藏自己的翅膀了。"阿华说，"他们回不去了就变得特别郁闷，每天借酒消愁。"

有几个男孩子回教室了。小东拿着篮球，脖子上挂着条汗巾，看来是刚打完球回来。他往我这走来，递过来一瓶冰可乐："刚才从小卖部顺便给你带的。"

我们吃完辣翅刚好需要这个。

初中的时候，孩子们有了那种懵懵懂懂的感觉，女生们总会不由自主地多看几眼小东。

我们关系比较好，经常有人来问我："铃铃，你说小东会不会和那种电视剧、小说里一样，有个指腹为婚的富家未婚妻啊？你说他人怎么样？会不会看不起我们这种普通人家的女孩啊？"

不会吧，小东人挺好的，尽管是我们这个小地方出了名的富家少爷，但我也从没见他摆过架子。

"我们正在聊那个变态辣翅呢，你吃不吃？"我问。

小东往后退几步。他一点辣都碰不了。

阿华嗤之以鼻："老干妈总能吃吧？"

"不行，我好像对辣椒这东西过敏……"他离放着辣味零食的桌子远远的，"你们吃吧。"

"然后呢？那些天使怎么了？"同学催阿华说下去。

"哦，他们把过去的记忆都储存在翅膀里，然后把自己的翅膀割下来，算是一刀两断。"阿华说，"那些承载天使们回忆的翅膀就是变态辣翅的原料。里面满满的都是心酸回忆。"

上课铃响了。班主任夹着教案走了进来，说要选今年暑假去北京大学参观考察的学生。

“班长肯定要去的，这次，张华又是市里统考的第一名。”老师满意地对他点点头，“还有两个名额，有意向的同学可以去班长那边报名。”

Question

文 / 扶他柠檬茶

为什么肉夹馍不叫馍夹肉？

暑假前的一个周末，小东约我去本地一家新开的游乐园玩。我们也叫了阿华，一般他不会缺席，但是这一次，阿华说是要补课，没有来。

盛夏蝉鸣，小东骑着自行车载我。在路边一家小店前停下，他买了两瓶饮料。

“你热得眼镜片上都是水蒸气。”他说。

我皱着眉头把眼镜摘下来，用袖子擦干净。两人靠在路边藤花树荫下喝着冰凉的碳酸饮料，喝到一半，一辆冲上人行道的助动车把小东的自行车撞倒了。

链条松了，我们推着车找修自行车的地方。街边有个老头坐在小板凳上打盹，身旁有块木牌“修自行车、鞋、伞。”

小东想叫醒他，这时候后面来了个拎着工具箱的小孩：“我来修吧，让我姥爷歇会儿。”

见到他，我们都呆住了。

——竟然是阿华。

阿华家在棚户区的角落，我们从阴暗潮湿的小道里穿进去，路边有一排垃圾箱，死老鼠随处可见。

他从没提过自己的家事，大家都以为，班长应该也就是个普通人家的孩子，父母是双职工，把孩子交给老人带……

“我爸妈很早就没了。”他说，“因为厂里的事故。我姥爷把我带大的。”

我看了眼狭小棚户里堆满的零件和工具，阿华的姥爷靠帮人修车供他上学。

这几周的周末，阿华都在一个卖肉夹馍的邻居的摊位上帮工，换点零花钱。

“但是，这样很辛苦啊。”小东说。

“没办法，我要攒去北京的火车票钱。”

“啊？是去北大旅游的那个活动吗？”我有点意外，“我还以为学校会承担车票……”

“不是的，交通费自己承担。”小东好像也去问过老师了。

这时，阿华的姥爷端着几杯茶颤颤巍巍地进来：“早和你说过了，姥爷有钱给你买车票。喏，隔壁老刘送来的肉夹馍。”

小东呆呆地看着几个夹着肉的饼，他以前从没见过肉夹馍。

“为什么这个叫肉夹馍？”他问，“明明是两片馍夹着肉啊？”

阿华的镜片发出锃亮的反光。

“因为……肉夹馍，实际上，有一个非常惨烈的来历。”

曾经有一个连名字都不能说出口的男人，他的名字带着魔性，只要说出口，第二天全国的人都会得脚气。

但这家伙的名字又是个常用名，类似张强、李华，大家一不小心就会说出口。于是整个国家都笼罩在臭味中，虽然不致命，但非常影响生活质量。

“那把他带去派出所改名不就行了？比如改成一个没人叫的名字……”小东说道。

“是的，所以他被带去改名了。改成跟妈妈姓莫，叫莫家柔。”

按理来说这种名字不会有同名同姓了，然而，臭味仍然弥漫在空气中。大家都在怀疑，是不是有个反社会反人类的臭味爱好者，故意在呼唤这个带着魔力的名字。

在进行彻底搜查后，人人自危，大家互相监督，压力非常大。

在这起事件中，有个人引起了举国怀疑。这人是个脚气药膏店的老板，这家去脚气的药膏是全国卖得最好的，堪称国药。

老板会不会想，如果没人再呼唤那个名字了，他的脚气药膏就没人买了？

再加上有钱人总是容易被人仇视，老板无奈之下，不得不逃亡出走。他有个心愿——那就是要还自己清白。他要靠自己的力量调查出，究竟是谁在呼唤那个名字。

老板跋山涉水，不知不觉来到了异国他乡。由于没有当地货币，很快就沦落到快要饿死的地步。

这时，他闻到了一阵扑鼻肉香。循着香味，老板找到一个小摊，这个摊位的厨子正在做一种他从未见过的美食——用两片馍夹住酥嫩多汁的肉。

善良的厨子看到快饿死的老板，拿了一份食物给他吃。在狼吞虎咽地吃完之后，老板问，这道美食叫什么。

“馍夹肉。”厨子说。

老板霎时目露凶光："你说什么？！"

破案了。

原来在这地方有一种叫馍夹肉的美食，便宜美味，量足管饱。

无数人每天都在问："你吃馍夹肉了吗？"

但是就因为卖这个的人多，竞争也很激烈。厨子说了他的苦恼，老板说："我有办法啊！你看看，大家的馍夹肉都叫一个名，但是，只要你这家的改个名字，就会脱颖而出！"

"改啥？"

"肉夹馍。"

老板给厨子设立了一套营销方案，声称自家的肉夹馍乃是传承千年的馍道祖师，每日限购且限量，还买了一堆吹捧的通稿，肉夹馍店顿时生意兴隆。

其他店家一看，纷纷把自己的馍夹肉改名为肉夹馍。流传至今，这种食物就成了肉夹馍，老板洗清嫌疑，衣锦归乡，顺便将肉夹馍也带回了国。

"就这样，这种食物从此叫作肉夹馍了。"

桌上的肉夹馍明明很香，但不知道怎么的，我们好像从它们这儿闻到了一股脚臭味。

"班长，其实你不用去肉夹馍摊位上帮工的，"小东大概想出了什么办法，"你明明可以赚更多啊。"

"但是工资高的地方都不招未成年人……"

"——你可以给我们当家教啊。"

小东是这样想的。这次暑假去北大参观的名额有三个，其中一个名额，校方肯定是给阿华这个尖子生的。那剩下两个名额，小东希望是他和我。

而决定名额的方式也很简单，就是看那些报名学生期末考试的成绩，成绩最好的两名才有资格得到名额。

"每周一三五和周末，你替我们两个补习，"他说，"如果我们俩最后顺利被选上，那么我就用来回机票来算成你的薪资；如果没有选上，机票就折成现金，你可以自己买火车票。无论怎么样，只要是我们三个人中的某人得到这个机会，我都会提供来回的交通费。"

小东说，他希望我们三个能一起去北京。

Question

文 / 扶他柠檬茶

方便面为什么是波浪形的?

成绩出来的那一天,我们三个差点在班里同时叫出声来。我这种差生,居然考进了前三名。

我们一块儿出发去北京。我和阿华都是第一次坐飞机,爸妈吓得要命:“你该不会把自己弄丢吧?”

还好小东的妈妈和班主任跟着去,算是让他们放心了。大人们一路送我们到了机场,还给我们的背包塞满了方便面。

我们上了飞机,三个小孩坐一排。小东让我坐靠窗的位置,等起飞时,大家就忍不住把爸妈给的方便面拿出来吃了。这种方便面可以当干脆面吃,颇受学生欢迎。

“为什么方便面是波浪形的啊?”我问。

阿华推了推眼镜:“这与一个神话爱情故事有关。”

从前在唐朝的长安,有一位艳名远播的歌女。有个大官看上了她,意图强占。

但歌女早就和一位书生相恋了,两人约好一起私奔。书生说:“我没钱,没地位,但是我会一辈子对你好的。”

这事儿让大官知道了,于是他派人找到书生,给了他一大笔钱:“这笔钱给你,我只要你离开她。”

书生说,感情岂是钱能衡量的?可是我懂得要放手的道理。

于是书生拿了钱,和歌女分手了。伤心欲绝之下,歌女居然剃度出家为尼,发誓终生不嫁。

歌女原来艳冠群芳,追求者无数,一众仰慕者闻此噩耗,不禁心如刀绞,悲从中来。有一位追求者是位名门之后,他日日前往歌女出家的那座尼姑庵,合掌问如来:“佛啊,我有个心爱之人,可她已经遁入佛门,离我而去了。您能不能托梦给她,告诉她我的心意?”

剃度的歌女就在门口,全都听见了。

可是男人每日跪拜的那座雕像先被感动了："他每天这样来求我，一定是看上我了！"

问世间情为何物，直教人生死相许，情之一字，可使人生，使人死——于是雕像就在夜里偷偷变成歌女的模样，和男人幽会。追求者将它当成了真正的歌女，想带她离开尼姑庵。

再说之前的那个书生。书生拿了富商的钱离开了，用钱创业，成了一方富甲。这时候他想起了歌女，旧情难忘。

可是，书生对歌女疑神疑鬼。当年两人是海誓山盟，自己一穷二白，歌女爱的是自己本身；可现在自己有钱了，万一她爱上自己的那几个臭钱可如何是好？

书生决定考验一下歌女。他把万两黄金藏在某处，衣衫褴褛地去尼姑庵找她。歌女原就是个心肠柔软的人，见情人回头，虽心有怨恨，却也不忍和他一刀两断。

书生说："当年抛下你，只是因为我功不成名不就，家无余财，无法给你十全十美的生活。我拿了那笔钱本想创业，没想到亏得如此彻底。现在我依然一无所有，但我对你的爱是不变的——你还愿意和我走吗？"

歌女说："奴家当年遁入空门，曾发誓在这里侍奉三年。如今离约定之期尚有一年，郎君可愿等我？"

书生满口愿意。

接下来，这人时不时就来找老相好；但另一头，追求者和假歌女也打得火热。不知怎么的，书生听见传闻，说歌女和另一个男人有往来；而追求者也听见传闻，歌女好像和书生旧情复燃了。

无论是真歌女还是假歌女，自然是矢口否认此事的。

追求者还有得救，他觉得这是因为她缺乏安全感，因为自己虽然不算是一穷二白，但也算不上富裕。夜里，他与假歌女说："你若是担心我不能给你殷实的生活，我也没法多说什么。可是最近我听说，那名书生看似落魄，实际上是把财产藏了起来。如果我找到那笔巨款，你应该就能放心了吧？"

他想了个计策，准备了烈酒，想等书生再来找歌女的时候，就假称仰慕其才学，与他饮酒，将他灌醉后打探财宝的下落。

计划简单粗暴，怎料到书生早有提防，故意装醉，说了个假的地点，而他事先在假地点那里埋了个玉壶。

男人自以为问出了真话，在月黑风高夜前去挖宝，果然得到了玉壶。还未等他欢喜多久，京城的衙役就将他抓走了。

——原来书生早就向官府报了案，说自己家丢失了一个玉壶，还说出了小偷的样貌和藏身的地点。于是衙役们守株待兔，不费吹灰之力就捉住了男人。

男人被抓后，假歌女以为他是得了财宝，弃自己而去，伤心欲绝，决定离开这里。她遇到了来找歌女的书生，书生见她哭得梨花带雨，心生怨恨："好啊，你果然在替他伤心！"于是，书生说了整件事情的来龙去脉。

假歌女听他说完，才知道情人是被害了，便恳求书生放过他。书生哪里肯，又对这个哭哭啼啼的女人厌烦至极，拂袖而去。

这时，真正的歌女恰好出门，先看见一个和自己一模一样的女人，再见到书生即将离去，便也来不及管这个女人了，拼命哀求他留下。真假歌女都追着他，书生见到这个诡异场景，更加厌恶她了，加快了离去的步伐。

尼姑庵前有一条波涛湍急的河流，他蹚水而过；两名女子也扑入水中想渡河，然而，假歌女是泥塑的佛像变的，她一进入河水中，就被水泡散了，女子的粉妆与胭脂从水中浮起，里面的泥也被水冲散。而真正的歌女，也被湍急的浪潮拍入水底，不见了踪影。

后来被诬陷的男人被判流放，他也打听到了这件事，心如刀绞。为了缅怀被泡散了的假歌女，他将哀思寄托于面条，把面条做成水的波浪状，这就是方便面形状的由来……

飞机起飞了，我和小东沉默着听完了这个故事。

"……所以这个故事想表达什么？"小东揉着眉头，"有钱就可以为所欲为吗？"

Question

文 / 扶他柠檬茶

为什么甜点总在餐后才上？

我对北大的印象，无非就是“很厉害”和“我绝对考不上”，参观的时候也和其他观光客一样，左顾右盼地张着嘴看。

小东的妈妈也知道阿华成绩很好：“阿华以后说不定能考进来。”

阿华问：“小东有想去的大学吗？”

小东还没说话，他妈妈已经笑着替他回答了：“我家小东是要出国留学的。”

阿华之后就不太说话了。

参观完了之后，晚饭是在小东妈妈订的一家法国餐厅吃的。我不记得怎么吃完那顿饭的了，只记得菜很少，餐厅里没啥人说话，于是我们也不敢说话。

回了酒店之后我就准备睡了，但是摸摸肚子，还是有点饿，我根本没吃饱。

这时候门铃响了，小东和阿华都在外面：“你吃饱了没？”

我委屈地摇摇头。但晚餐是别人妈妈请的客，我也不好说什么。

小东摸摸口袋：“我带零花钱了，走，出去吃汉堡包吧。”

我和阿华都是第一次来北京，小东来过，但是也没自己独自行动过，当年也没地图导航，谁也不知道哪里有快餐店。但三个小孩胆子奇大，趁大人睡着的时候溜了出来，在北京夜晚的街头寻找快餐店。

“不过刚刚那家店最后上来的小蛋糕真的挺好吃的！”我说，“为什么不能多上几道啊？”

小东耸耸肩：“我也不知道。反正每次吃西餐，甜点都是最后上来。”

“欸？”

“铃铃，这是有原因的。”阿华终于说话了，“那是发生在欧洲中世纪的故事了……”

那时，有一个小国的国王，他的皇后病逝了，国王终日郁郁寡欢，脸上失去了笑容。

为了排遣悲伤，国王决定去森林中狩猎，结果在小溪旁见到了一个正在打水的女子，并对她一见钟情。

国王立刻下马向她求爱，美人告诉他，让她接受他可以，但是国王必须连续替她打一个月的水，而且必须是这条小溪里的水，打完水再走半天送回她的家，不能骑马。

国王看了眼水桶："我要什么样的女人没有，你还跟我矫情？"

国王丢下水桶，走了。

过了几天，国王出巡，在旅途中，他又遇到了一位绝代佳人，这位佳人正在收割自家田里的麦子。国王对她一见钟情。

于是他下了马车，来到她面前向她求爱。佳人告诉他，她可以成为他的情人，但国王必须替她收割地里的麦子，一次只能收割一根，不能让其他人帮忙。

国王看了眼麦田，头也不回地走了。

然后圣诞节到了，国王要去首都的广场上主持庆典。在底下载歌载舞的人群中，他见到了一位美丽的舞女。

于是国王走向广场，拉起她的手邀请她跳舞。舞女说："可以，但是有个条件，您必须和全广场每一个人跳一支舞，我才和您跳。"

国王再次头也不回地走了。国王的再婚之路如此坎坷，他感到十分焦虑。于是他派人寻找王国里法力最高强的巫女，想问如何破解。

巫女隐居在深山老林，据说年轻时也是某国的公主，拥有着极强的魔法。

因为魔法，巫女的容颜还如十八岁的少女。面对国王的提问，她莞尔一笑："很简单，您只需坚持三十天带着水桶从山脚爬到山顶，引体前驱五千次，和三百个人一起跳双人健美操，就可以找到对象了。"

国王一惊："你怎么知道我之前的遭遇？！"

巫女："我不知道。我的建议是根据你的腰围和体重给出的。"

"啥意思？"

"自己去照照镜子，女人蒙上双眼才愿意和你处对象。"

王后生前的视力是不太好，国王想起来了。

"但是你说的方法都太折腾了。"他说，"有没有用不着运动，在家就能瘦的方法？"

巫女点头："有。"

巫女给了他一个魔法匣子，每次打开它，里面就会出现一个精致的点心。

“每次吃完饭，就打开匣子，吃一块这个。”她说，“里面的魔法可以让您越来越瘦。”

国王听了她的话，开始每天在正餐之后吃它。起初他越来越胖，还怀疑过巫女的话；后来有一天，他突然急剧地瘦了下来。

国王迅速瘦成了正常人的体型，而且还有继续变瘦的趋势。他欣喜异常，亲自去找巫女：“您真是法力无边，这到底是什么仙丹？”

巫女笑着说：“这东西叫糖。”

“糖？”

“嗯，历史上十六世纪之后才传进欧洲的东西。”她说，“我用魔法修改了一下时间轴，让它现在就出现了。如何，很美味吧？”

“太美味了，所以我瘦下来，是因为你在甜食上施展了魔法吗？”

“不是的。”巫女摇头。

“那是……”

“是因为你原来就有糖尿病，病情加重之后人就会急剧消瘦。”她说，“现在您只要等死就行了。”

说完，巫女依次变成了三位美人的样子，飘然而去。

人们为了纪念这位因糖尿病身亡的国王，也形成了餐后吃甜点的习惯，他们认为这是国王才有资格享用的死亡美味。

故事说完了，我们也找到了快餐店。小东买了三份套餐，大家狼吞虎咽地吃了起来。我记得，自己吃了好几份辣鸡翅。

我们吃完离开快餐店后回了各自的房间。临别时，阿华忽然和我说了一句话。

“我以后也要出国留学。”他说。

Question

文 / 扶他柠檬茶

为什么炸鸡这么普遍，却没有炸鸭？

我们的初中生活就这样平静地走向了尾声。中考前，小东还是被家人送出了国；阿华则是被自主招生的学校收入了尖子班。

我考进了本地的一所普通学校，就如以往一样，过着平凡的生活。

大家都配了手机。新资讯时代来了，孩子们混迹在网络上的各个论坛与聊天室里面。那次阿华拿到了有史以来最高的五份奖学金，有慈善基金会的，有教育部的，甚至还有国家级别的……这件事上了本地新闻，标题是——穷人家的孩子早当家。

下课后其他申请奖学金的人拦住阿华，我听见他们问他为什么把奖学金全都申报了，一份都不留。

阿华没理他们。他越来越沉默寡言，也很少笑。

他用奖学金换了一部便宜的手机，和我交换了号码。我生日那天，顺便为了庆祝要成为高中生了，家里在某家著名快餐店为我举办生日宴会。

阿华来了，还是老样子，穿着校服。有个邻居家的女孩忽然拉住我："那个男孩子你认识吗？"

我才发现他长高了，五官也长开了，就像变了一个人。

以前，女孩子们大多会偷偷看小东。因为他永远像个画报上走下来的人物，唇红齿白，打扮得体，换上球衣打球的时候，仿佛能满足所有少女对阳光男孩的幻想。

现在小东出国了，她们开始注意到阿华。邻家的女孩子坐在他边上："听说你是这一届的中考状元？铃铃说你什么都知道。"

阿华应了一声。

"那为什么只有炸鸡，没有炸鸭啊？"她指着快餐盒里的炸鸡问。

阿华搅动可乐里的冰，神色淡淡的："有的，你没见过罢了。"

"不是啊，这个我也想知道！"我看气氛有点尴尬，连忙也跟着问。他叹了口气。

在很久很久以前，一处叫作"午家村"的地方，有一对善良的夫妇，他们中年得女，将之视作掌上明珠。

女儿一天天长大，却令父母愈发担心。因为她的容貌十分丑陋，声音喑哑，身形粗大，可以说外表上毫无动人之处。终于有一天，一位德高望重的道长来到了这座村子。

夫妇俩热情招待了道长。等到夜深人静时，道长忽然叫醒了这对夫妇："你们可知道你家女儿的真身？"

夫妇俩一惊。从前也有人嘲笑过女儿太过丑陋不似常人，现在连这位道长都如此说，莫非真的有什么隐情？

道长说："二位请随我来，待我细细说明。"

他带两人走到村头外的小树林里，找到了一块旧石碑。拂去上面的灰尘，石碑上赫然是三个字——牛家村。

"这，这牛家村是哪儿啊？"男人问，"我们这是午家村啊？"

"错不了。"道长说道，"改叫午家村只是为了掩人耳目。这就是曾经的牛家村，传说村子下方封印了一只千年牛魔。我曾有位姓丘的师叔，就来此地调查过牛魔……"

"可是，这牛魔和我家闺女有啥关系啊？"

"封印年久失修，牛魔的魔气外漏。这位夫人在怀孕时一定是沾染了魔气，所以才会让胎儿也染上魔气，呈现异样。"

这可如何是好啊？夫妇俩顿时慌了。而道长一挥手："不慌，两位只需照我说的做，保准能让令千金变成美人！"

两人千恩万谢。他们按照道长的吩咐，首先将所有家财都藏到了道长做过法的地方，因为金银有晦气；再去买了四十九只鸡，每天用滚油炸一只，让女儿分三餐吃，这样吃四十九天。

全村都在嘲笑这对夫妇，养了个丑八怪，居然还奢望她变美，肯定让妖道给骗了。夫妇俩还是坚持了下来。

转眼四十九天过去了。第五十天的清晨，他们被女儿的惊叫声吵醒，冲进她房间一看，只见女儿对着镜子，一脸难以置信——原来那个丑陋的女儿不见了，如今，在他们面前的少女貌美如花，宛若天仙。

村里人纷纷惊叹，也学着老夫妇的样子，将家财安置给道长净化，再去买四十九只鸡，希望自己也能如原来的丑女一样变成美女。

然而，没过几天，夫妇俩一觉醒来，发现女儿从家中消失了。她的房间整洁如初，只有墙上留着几行字：“原是天上客，误入凡尘中，历经魔气劫，可怜父母心，洗尽一身晦，重登仙人班。”

夫妇俩焦急地找到道长。道长轻叹：“唉，天命，都是天命。你们俩的女儿原是天人投胎啊！这样的人，本就是下凡渡劫的，我们将她的劫化解了，她无劫可渡，自然重新羽化登仙，回到仙界去了。也算是因缘啊……”

没过几天，有村民发现他们安置在那块地方的家财不见了，还有那位道长也消失了，就连那块刻着“牛家村”的石碑都不翼而飞。

道长驾着驴车哼着歌，早就带着财宝和石碑溜到了几十里之外，那名美女也坐在他的驴车上：“听说东边有座村子里面也有个丑女，爹，我们下一站就去那里。”

虽然这只是个仙人跳的圈套，但是“吃炸鸡能变美”这个习惯却流传了下来，而且越来越盛行。

我们听完他讲的故事后，有一个姑娘问：“等等，原本那个丑女呢？被道长带走后怎么样了？”

阿华冷笑。没人敢问了。

晚上，父母和亲戚也去本地一家酒店替我庆生。我吹灭大蛋糕上的蜡烛时，手机响了。

阿华给我发了条短信，但是大家正在热闹地为我庆生，我一时没看。

等吃完了这顿生日宴，我才想起来那条短信。这条短信很简单。

阿华：铃铃，我姥爷刚才没了。

Question

文 / 扶他柠檬茶

为什么对于香菜的评价两极化这么严重？

因为没有其他亲戚，阿华和街坊一起处理了他姥爷的后事。

老人出门时被门槛绊了一跤，扑在地上，就这么没了。

我去阿华家的时候，他正坐在门槛上哭。我从来没见过他哭。阿华的世界在这一天崩塌，姥爷的去世打乱了他所有按部就班的计划。

我们见面越来越少，他好像全心全意地在读书。那一年阿华是这个小城市教育界的红人，他拿到了一个全国级别的物理竞赛第一名，这个奖项在人们的眼里，就是进入北京那所著名学府的敲门砖。

同样在这一年的冬天，有天下着雪，我和朋友出门玩，就见到马路对面有个熟悉的人。他穿着大衣，戴着羊毛围巾，对着我挥手。

小东的学校现在放假，他回国待一段时间。

“好吃吗？”

“好吃。”

小东坐在我对面狼吞虎咽。用他的话来说，美国人的味觉大概是出了什么问题。以前一点辣都不吃的他，已经练就了一个铁胃。

一段时间不见，他长高了很多，像一个男明星，名字到嘴边我却想不起来。我们去吃了麻辣香锅，阿华没来，他手机关机了。

小东问起阿华的事，知道他姥爷没了，也沉默了一会儿。大概为了打破尴尬，他从碗里夹起一根香菜：“我最怕吃这个。”

“你就是那种不吃香菜的人啊？”

“对啊，味道特别怪。”

我们俩准备去阿华的学校找他。那是市重点高中，全寄宿制，没有学生证不得出入。小东绕到一处围墙下面，轻轻松松就翻了上去，再拽着我的手，让我蹬上来。

“我就想去问问他，为什么会有人不喜欢吃香菜。”小东说。

阿华现在在学校图书馆看书，我们俩由于没有学生证没法过门禁。小东拦住一个妹子，露出温柔的微笑：“同学，不好意思……”

美男计果然管用，女同学替我们开了门。

阿华在窗边读书，我们在他对面坐下，吓了他一跳。

小东笑笑：“嘿，想不到吧？是求知欲让我们过来的。”

被我们磨得没办法，阿华终于说了香菜的传说。

上古时期，人类和洪水猛兽争地盘，一位天神不忍生灵涂炭，决定混在人类中，教导他们生存之道。

人类将之奉为首领。这位天神变成的人，也在人类中找到了自己的爱人，与她相伴生子。

他们有了个儿子，这个男孩的血统是半人半神，自然天生不凡。

首领想好，自己回天界之后，这个位子肯定是要传给儿子的，所以他严厉地教育孩子，想让他成为人类优秀的首领。但是，孩子却在这种高压教育下产生了叛逆心理，思想越来越偏激。

在他看来，父亲明明是神，自己也是神的后代，明明比那些凡人要高级，为什么不把人类当成自己的奴隶，而要当成同族呢？让他们侍奉自己不好吗？

得知了他的这个想法，首领勃然大怒，狠狠斥责了他。父子之间产生了裂隙。

此时，人族之中有个巫师，他也知道首领是天神，内心有了自己的算计。在得知父子俩有过争吵后，巫师感到，机会来了。

他找到天神的儿子：“少主啊，你的父亲斥责你，是因为他还没有将你放在眼中。在西边的高山上，有一条恶龙。我相信，只要少主战胜那条龙，将它的头带回来，首领一定会对您刮目相看。”

少主想想觉得有道理，于是独自朝着龙穴出发了。

历尽艰辛，他终于来到了龙的面前。可是巫师骗了他，那条龙极为凶残，他根本不是它的对手。就在恶龙准备吞掉少主时，首领察觉到儿子有危险，从天而降把他救了，但自己却被恶龙吞食了。

少主匆忙逃回去，心里知道被骗了。正当他想杀掉巫师为父报仇的时候，巫师“嘿嘿”一笑：“你知道吗，其实你父亲还活着，我有办法救他。”

少主连忙催促他说。

巫师提出条件：“你要当众表示放弃继承权，并且说自己是出于匹夫之勇才去单挑那条龙，和我没有关系。然后写个文件，把首领的继承权转让给我。”

少主明白了：“你算计我！”

巫师狂笑：“你想不想救你爸？！”

少主一刀把他劈了：“骗子的话不能信。”

于是，少主成为新的首领。可有个人还沉浸在哀伤之中，那就是首领的妻子。她的丈夫死了，连尸骨都没有。哀痛欲绝的女人在原野狂奔，不当心绊了一跤，摔在地上的时候嘴里吃进了一根野生的草。

那根草的味道让她恶心得当场吐了出来。

这给了她灵感。女人采集了大量的这种草，然后她带着一箩筐的草，回到了部落。这时候人类部落还是吃大锅饭的，首领的妻子把这种野草加到了大锅里，煮了一锅肉汤，说是给全族的男人吃，犒劳他们。

整个部落的男人一吃，全趴在地上吐得死去活来，活生生吐死了，其中也包括少主。

就这样，男人死光了，她作为前任首领的遗孀，成为部落新的首领，并且开辟了母系氏族的先河。

为了纪念这种伟大的草，她称它为香菜，香菜一度象征着爱情和权力，代代流传下来。传说，只有吃香菜的人，才能成就大业。

“是吗。”小东忧伤地看着窗外，他一点香菜都不吃，“我去趟洗手间。”

就剩下我和阿华对坐着。他瘦了很多，脸色不是太好。我问他，身体没事吧？

阿华摇头。他看向小东离开的方向。

“铃铃，所以你看，有些人天生就是神，有些天生是神的孩子；也有些人，永远都是凡人。”他说，“上个月学了《边城》，班里有人说，如果两兄弟不是兄弟，他们只是两个男人，一个富有，一个贫穷，那么，翠翠说不定毫不犹豫就会做出决定的。”

我呆呆地望着他。

“铃铃，如果你是翠翠，你会选谁？”他问。

“我一个都不选。”我说，“我知道只要选了一个，另一个就会伤心。三个人里面只要有一个伤心，每个人都会难过。我一个都不选。”

他迟疑片刻，合上了书。

小东回来了。阿华说：“我送你们出校门吧，晚自习要开始了。”

Question

文 / 扶他柠檬茶

为什么枣和香蕉一起吃会有屎味？

高考前，小东又特意回了一次国，说要陪我度过这几天。

“对了，考完之后，我带你去美国旅游吧？”他说，“阿华也去，就像当时一起去北京一样。”

“不了吧。”

“没关系啊，我会替大家买机票的，签证的事情也完全可以帮你们办妥。”

“……我……我暑假想试着打工。”

我找了个借口，搪塞过去。

小东怔了怔，没多说什么，只叮嘱打工要注意安全。

我准备去补习班了。家里在读书这件事情上对我没啥期待，觉得考个二本就行。

“铃铃。”他喊住我。

“怎么了？”

“你愿意和我走吗？我是说，以后。”小东站在阳光下，眼中有不安和期待，“——我们一起走。”

不知道怎么回答，不知道该回答什么。

我只能低下头，匆忙跑开。

最后几天，阿华过来替我补课。他好像完全不在乎自己高考的事了，看来是成竹在胸。

“英语的反问句是加肯定还是加否定？”我脑子里一团糨糊，“阿华，我又忘了……”

阿华只是看着窗外，难得走神了。

“阿华，我们去外面复习吧？”我想去热闹些的地方。不知怎么的，现在的气氛，叫我有些不安。

他说好。我们收拾了一下书本，去了附近的快餐店。出门的时候，妈妈特意悄悄往我手里塞了钱，一张一百，一张五十："请人家吃点东西，"她说，"这么好的孩子，怪可怜的。"

于是在店里坐下后，我去点了一个辣鸡翅桶。

"今天想吃多少吃多少，"我抱着炸鸡和可乐坐下，"我妈妈请客！"

阿华笑了笑，合上了书先吃东西。吃了两块就停下了，看着我吃。

"你怎么不吃呀，阿华？"

"我吃饱了。"

他说。

我见到他眼眶有些红。

"你怎么啦？是不是想你姥爷了？"

"我没事，你快吃吧。"他重新打开习题册，"我真的没事。"

"唔……"

"铃铃。"

"嗯？"

"以后，总有一天，我能请你吃饭的，你想吃多少都可以。"说着说着，他自己先笑了，用习题册掩着脸，"……真的。我不会让你受委屈的……"

他哭了，眼泪从下巴滑落，打湿了校服衬衫。

旁边有一对小情侣，正在试吃香蕉和冬枣。这是最近流行的玩法，据说两样东西混在一起吃，会吃到非常恶心的味道。

我连忙岔开话题："阿华，为什么会这样啊？"

他摇摇头，没有说话。

"那，那我告诉你好不好！"我抓住他的手，"其实我知道的！"

从前，宫里有一个宫女爱上了皇子，但是两人地位悬殊，叫人完全看不到希望。在相思之下，宫女决定找到宫里的一个老宫女，传闻她可以通过占卜知晓未来，解人困惑。

"有没有什么办法，可以让皇子注意到我呢？"她问。

老宫女为她卜了一卦，不由大惊，对着宫女跪拜下来。宫女不解。老妪道："观这卦象，你是贵人之命，有中宫之相啊！"

宫女大喜，连忙从袖中取出银钱供奉，问："求婆婆指点一条明路！"

老宫女对照她的生辰八字与姓名笔画："老身曾听说，前朝有一位中宫娘娘，与姑娘的名字同音不同字，而你们出生月份日子都是相同的，命格也一样。恐怕姑娘便是那位娘娘托生。万事天注定，这卦象说，明夜子时，芭蕉林遇贵人。”

按照老妇人的说法，宫女在第二天夜里子时来到花园中的一片芭蕉林中。夜里寂静，她等着又害怕，便摘了根芭蕉吃。

这时，花园里来了个侍卫。他见宫女在这，就呵斥她，叫她回去。

宫女借口说屋里闷，自己来外头透口气。侍卫说：“那这样，你给我一根芭蕉吃，我就当没见过你。”

她想拖延些时间，支支吾吾没立刻答应。侍卫当她不舍得，就从口袋里掏出一粒冬枣：“我拿枣子和你换。”

那天夜里，宫女没等到皇子，心里沮丧。她回去再找老宫女算卦，老人却在前夜病逝了。

没过几年，敌军进犯，攻下了皇宫。宫女也和其他宫人一样逃出宫去，流落民间。有一天逃难时被强盗打劫，一个将军带兵路过，救下了她。两人一见，那将军正是当年的侍卫。

故人相见，感慨万千，将军问宫女：“姑娘可还记得当年你给了我一根芭蕉？”

宫女含羞点头。

就这样，将军迎娶了她。将军若外出打仗，身上都会带着一根芭蕉，而宫女留在家中，手里拿着他留下的枣子。如果他超过约定日期还不回来，宫女就会让人送一根芭蕉到前线；前线的将军也会让人带一颗枣回家，告诉她自己平安无恙。

替两人传递信物的使者一直很好奇，为什么夫妇俩选择这两样东西作为信物。有一天他走在半路，实在饿了，心想：“芭蕉和冬枣哪都有卖，我先把包里的给吃了吧。”

当他吃下之后，口中发生了爆炸般的化学反应，当场暴毙。将军没有等到妻子的信物，怀疑老家出事，急忙搬兵回去；宫女也没等到将军的信物，以为他在前线出事了，忧心忡忡。

好在将军及时赶了回去。妻子问他为何失信，他便说：“送信的人行军时太饿了，就把它们一起吃了。”

妻子笑话他：“那既然回家了，就吃个痛快吧。”于是让人拿了一堆芭蕉冬枣过来。

将军吃下之后，当场暴毙。

宫女别无他法，只好带着将军的兵马，代替他指挥作战。被抓住的战俘就要吃芭蕉和冬枣，吃完不死就放你走。这一举措让这支军队有了极强的威慑力，敌人纷纷不战而败。

后来，芭蕉和冬枣被视为爱情的象征，情侣会通过吃这两样食物，来证明自己的忠贞。现在芭蕉不太有了，于是大多拿香蕉代替。

“你看，是不是很像你说的那些故事呀？”我摇摇他的手，“阿华，你要好好的，要考进那所很厉害的大学，变成一个很厉害的人。”

阿华只是怔怔地看着我，眼眶通红。我先陪他回了家，他的家里，仍然摆设着黑白两色的祭祀品，姥爷的黑白相片放在柜子上。

我正想安慰他，却见到了令人毛骨悚然的一幕——在姥爷的遗照旁边，还摆着个小相框，里面的相片，是阿华的黑白照。

Question

文 / 扶他柠檬茶

为什么中药都那么苦？

考试那天，小东和我的家人一起来送考。有趣的是，很多人能说出自己高考时的感觉，我却一片空白，仿佛我的记忆自动将那一段经历模糊了。

我考完出来，给阿华发了条短信。

我和小东说，我很担心阿华。

“他肯定考得比你好，你担心他？”

我不是担心阿华的成绩，从姥爷去世后，他就给我一种怪异的感觉——就像是个绝望的登山人，明知自己的体力无法登到山顶，却还是麻木地向上攀爬。

但是黑白照的事，我没有说出来。我甚至怀疑，那会不会只是我考前压力过大所产生的幻觉。

到了晚上，大家吃庆功宴，阿华的短信来了：“之前没开手机。我也考完了，一切顺利。”

“你去哪儿了？”

“我去了公墓，看看我姥爷。”

背后是一片喧哗与欢笑，我在角落里给他发消息。这时，小东过来了：“你问问阿华，他上大学的学费有办法没，要是有啥问题，我替他出了。”

阿华说，学校有减免政策，他暑假也可以去打工。

“打什么工啊。”小东气得直接给他发短信，“走，旅游去，我养你。”

然而最后，我们谁也没去美国旅游。

考完后不久，我就感冒了，陆陆续续一直没好，还长了风疹块。外婆带我去看了中医，开了一堆中药。阿华打完工后来看我，我妈留他吃了一顿晚饭。大人们逗他：“都吃我家的饭了，以后成了人才，可要请我家女儿吃一辈子饭啊。”

饭后，我们在房间里打游戏。阿华掐着点对我说：“吃药了。”

“太苦了，中药为什么那么苦？”

“这个啊……从前有个大夫，医术过人，他救人无数……”

这时候的草药还没有味道，并不像现在这样苦，可却也没什么作用。而这个医术高超的大夫呢，他有个特地，他不看那种小毛小病。毕竟要是只治感冒，怎么彰显医术高超呢。

有天，大夫正在熟睡，忽然听见院子里有动静。

他以为是进贼了，起身出去查看，却见月下庭院中有个白衣青年。青年见到他，说希望大夫能给他看病。

“啥病？夜间急诊很贵的。”

“咳嗽。”

于是大夫请他出去。

“说好的医者父母心呢？”青年咳得十分难受。

大夫说，你这叫浪费医疗资源。

青年只好走了。

第二天夜里，青年又出现在庭院里，依旧说是来看咳嗽的。

就这样，他开始隔三岔五地在夜里出现，都被大夫轰走了。

可这事儿越想越不对劲，普通病人为啥不白天来呢？为啥总是莫名其妙出现在庭院里呢？大夫左思右想，决定请道士来看看。

大夫请来了位德高望重的道士，据说解决过牛家村的牛魔。那道士一来，大惊失色：“大夫，你家有妖气啊！”

“大师救命！”

“这妖气里带着股狐狸味儿。大夫，城南最近闹狐仙呢，贫道以为，这狐仙可能跑你家来了！”

那青年清秀俊美，神出鬼没，不是狐仙是什么？！大夫顿觉后怕：“道长，他若再来，可如何是好！”

“不怕。”道长将拂尘一挥，“这样，贫道指点你一个地方，你先将家财悉数安置在那儿。因为……”

“因为金银有晦气，妖魔鬼怪会被吸引过去。”我直接接上了，“这位道士同学是不是领过出场费了……”

“我们这些故事不要流量明星，要老戏骨。”阿华安慰我，“然后道士再让大夫准备四十九只鸡每天油炸一只供奉在庭院里……”

“阿华，我想吃辣鸡翅。”

“你病着呢，不能吃。”

大夫全都照做，那青年果然没再来。周围人家一看，担心狐仙到自家闹，连忙有样学样，把金银给了道士，自己每天炸鸡。四十九天后，道士和财产全都不见了，而大夫发现女儿有了身孕，都三个月了。

面对父亲的质问，女儿终于承认，那青年是自己的情人，两人约好了在半夜幽会。结果情郎准备翻墙逃出去时，被老爹撞见了，只好自称自己是来看咳嗽的……

珠胎暗结，木已成舟。大夫追悔莫及，只觉得女儿丢尽了他的脸面，要将她宗法处置，绑石沉湖。

尽管女儿苦苦哀求，还是被绑上了石头带上船。就在要被沉湖时，天色骤然一变，深夜亮出一抹白雪似的月光，一个白狐影子自光里跃上木船，化作那白衣青年：“谁伤我妻儿！”

再一眨眼，无论是青年还是女儿都不见了。大夫这才知道，女儿是真的遇到狐仙了。

又过了一年，除夕夜后，他在庭院里见到了女儿和女婿，两人带着一个婴孩。

女儿道：“之前仓促，未来得及同父亲告别。如今女儿要随他云隐，脱俗之前，特来与父亲诀别。夫君有一物要赠予父亲，助你悬壶济世。”

狐仙从袖中取出一支仙草，据说可治百病。

大夫在花园里培育这种草药，这种草味道很苦，每个病人都喝得很痛苦。但是考虑到良药苦口，也就算了。

很多年后大家才发现光吃这根草并没有用，大夫被狐仙给耍了。后来大夫开始自己研发靠谱的药方。

“那为啥药方还是那么苦呢？”

“没办法，良药苦口嘛。”他说。

然后，阿华沉默了很久。有一种不安在我们俩之间弥漫。最后，他舒了口气对我说：“铃铃，我要走了。”

他要离开这座城市了。

Question

文 / 扶他柠檬茶

为什么鸳鸯火锅总是辣的那一边先沸腾？

阿华启程去北京了，我去大学报道，小东也回了美国。

那四年我再没见过阿华，大家只是偶尔在网上联系。小东每年都会回来一两次，我们一起在国内旅游。后来，我们也去了北京，想去大学里面找阿华。他说在帮老师做实验，没有出来见面。

于是我俩只好改变计划，在北京瞎逛。北京的市中心有个广场，上面被巨大的LED屏幕笼罩，可以把自己想说的话发到指定的号码，审核后就会出现在屏幕上。如果有特殊的定制要求，收费会十分昂贵。

小东停下了脚步："我猜你一定想试试发消息给这个屏幕。"

"你怎么知道啊？"

我笑了。小城市里没有这个东西。

小东说："我是生蛋家族的人啊，有魔法的。"

小时候的胡言乱语，他还记得啊。

我内心有些惆怅。忽然，整个屏幕暗了，下方的人们纷纷抬头。在屏幕上方，只有两行很短的字。

"我喜欢你，铃铃。"

"我不想管他会不会难过了。"屏幕闪烁的光芒下，小东的脸上带着笑，"我要用我的魔法。"

几秒后，我在沉默中转身离开，关了手机，茫然地在这座繁华的城市里穿行。后来我一个人坐火车回了老家，到家的时候，爸妈都十分意外，他们以为我会再过几天回来。

我躲进自己的房间，死死咬着被子，无声地哭了。妈妈进来："小东欺负你？"

我摇头。我说，我不知道怎么面对阿华了。

长大这件事情，原来那么复杂。我以为我们三个人会永远一起在周末看电影逛街，每个人手里拿着冰激凌，想着那些无关紧要的问题。

妈妈抱着我："傻孩子，你难道就一辈子不嫁人了？总要选一个的。"

我不想选。

大四没什么课，小东回国，我们俩依旧一起出去玩。

他没提北京的那件事。

这天我们俩收到了阿华的消息，他邀请我们一起去他老家。

"他老家？"我们俩都有点茫然，想了一会儿才想起来，阿华的父母是四川那边的。

我们坐飞机来到了四川。阿华前几天就从北京坐火车过来了，现在在机场等我们。

——他变化很大。见到他的时候，我觉得他不快乐。

我们来到一家普通的街边火锅店，鸳鸯锅端上来，热的一边先沸腾了。我问阿华："为什么会这样啊？"

阿华说："你们看，鸳鸯锅就像个太极。清汤为阳，红锅为阴。这也有另一种说法，清汤象征的是我们的人间，而红锅则是死后世界。"

传说，恶人会在死后下地狱，而人间则压在地狱上面，让那些恶鬼无法逃出。

但是恶鬼们也会想办法偷渡，比如说，引诱无辜的人坠入地狱，自己则借着他的肉体重返人间。宋朝有个书生，家里很穷，他与善良本分的老母亲相依为命。但是有一天，母亲突然让他去偷些钱回来改善伙食。

书生心里困惑，但他十分孝顺，只好依照母亲的命令出门，可偷窃是万万不可的，于是他只好靠卖字画赚点银钱。

一位员外路过了，看到书生的字画，很是欣赏，就和他订了几幅。去送画时，书生无意间见到在屋内的员外之女。小姐生得风姿秀美，令人神往。

那时礼教森严，就算见到了小姐也不能和她说话，免得玷污她的名声。可人非草木，书生回去日思夜想，难以安神。母亲意识到他的异样，便说："下次再去送画，你去与那小姐私会，等生米煮成熟饭，员外就算知道了，为了掩盖家丑，也会招你做上门女婿。"

书生吓了一跳："母亲怎么会有如此想法？"

老太太面露凶色："你敢数落你爹娘的不是？"

书生连声道不敢。他总觉得母亲不对劲。

于是他去找了位有名的郎中给母亲看病，郎中上门，左看右看，看不出什么病。但他出家门时偷偷对书生说："观令堂神色，似有些不妥。这样，不瞒你说，我有个女婿，并非凡人，而是狐仙，今夜我请他尊驾，看看令堂是否中了邪。"

是夜，书生果然听见院子里有响动。一个白衣青年站在月下，仙气飘然："我是来看咳……不是，小生是来看令堂的。"

狐仙去了老太太的卧房，睡梦中的母亲忽觉异常，猛地睁眼，便听见狐仙尖啸一声："哪来的恶鬼，速速归去！"

原来，书生的母亲已经被恶鬼附身了，所以才心有恶念。知道自己被看穿了，恶鬼号啕大哭，跪伏在地："大仙饶命，小人实在冤啊！"

恶鬼生前也是一国之君，只因触怒了一位巫女，竟被她用糖毒害至死。又因为生前多有情债，被打入地狱。好不容易投胎转世，成了一位书生，原本贫穷不堪，后来交了好运得了钱财，却没能善待情人，害死了她，又欠了情债，下了地狱，二进宫，彻底出不来了。

他觉得自己也不算大奸大恶，实在不想待在地狱受煎熬，便偷偷将老太太的魂魄拉下去替代他，自己则重返人间。

书生听罢大哭，央求狐仙从地狱救出母亲。狐仙也很为难，地府恶鬼千千万，怎么分辨呢？

狐仙问："有什么食物，是你母亲吃，但其他人不太吃的吗？"

书生点头："有！香菜！"

狐仙让人弄了一口大锅，中间隔断，一面放清汤，一面放辣油。他告诉书生，清汤就是人间，红汤则是地狱。这口锅是阴阳两界入口，书生只要坚持一直在红锅里烫香菜，在地狱的老母亲的魂魄就有机会沿着香菜爬上来，母子重聚。

于是，书生便天天在红汤里烫香菜。他的孝心感天动地，人们也纷纷在自己家摆上一样的锅，想着人多力量大，大家一起烫香菜说不定找到的概率也更大。

然而人心凉薄，由于香菜太难吃，所以后来就没多少人烫它了，都烫自己喜欢吃的。

这个习俗和鸳鸯锅一起流传了下来。

火锅吃得差不多了，我们一起去天仙桥散步。阿华拉住小东："铃铃，你先去前面那家蹄花店等我们。"

他有话想和小东说。

我迟疑了一下，还是走了。

在那家店里等了一刻钟后，两人过来了。阿华的眼眶泛红，小东揽着他的肩轻拍。

“没事儿，”他说，“就是刚才聊到姥爷，心里难过。点菜吧，这里的蹄花可好吃了。”

不是的。

当时他们让我走，我并未立刻就走，而是跟在两人后面偷听了一段。我听见阿华说了一句话。

“小东，我知道我已经死了。”

Question

文 / 扶他柠檬茶

为什么油炸冰激凌不会化？

我工作了，在老家一家做服装的小公司上班。

阿华留在北京读研，学业繁忙。他有时会问我："你和小东怎么样了？"

不会怎么样。无论我和谁在一起，另一个都会难过的。

我很少和小东联系了。

他在美国那边毕业，大概不会回来。每天小东都会给我发消息，问今天过得如何。

起初我会回复，后来回复得越来越少。直到小东告诉我："在成都那次，阿华让我照顾你。"

"为什么？"

"他很累。你应该知道。"

我知道。他没有亲人，一贫如洗。大学不是什么乌托邦，学生们同样也会和家境相近的人抱团。读研的三年没有太多收入，进入社会后，也没有家人提供人脉……

孤零零的阿华，他要一个人冲上战场。

对小东而言，生活是轻而易举的，他甚至可以给阿华一个完美的人生——让阿华去他家的公司工作，有少爷这层关系在，没人会为难他。我知道他们谈过，阿华拒绝了。

"我担心他。"我说，"其实在四川那次……"

我告诉小东我偷听到的内容。他沉默片刻，让我别多想。

年前，我和小东一起去北京看阿华。我想试着说服他，听小东的，活得轻松些。我知道他逐渐愤世嫉俗，而这世上很多事，并不是"凭什么"三个字可以解释得通的。

阿华住在学校的研究生宿舍。我们去找他的时候，在路边买了份炸冰激凌。

"不会化吗？"我有些担心。

"走快点应该不会。"

"为什么油炸冰激凌不会化啊？"

“这个啊……”他拿起一块塞进嘴里，“因为，背后有个传说。”

在很久很久之前，有一个修仙门派。门派中人人都必须修炼出自己的法器，才能修成仙骨。

但是有一个小道士，无论如何都炼不出法器，心里焦急万分。

于是他去问师兄，师兄微微一笑：“那是因为你没有参透。”

这话说了和没说一样。

有一天，小道士随师父下山捉妖，半路遇到一个卖花姑娘。

姑娘拉住小道士：“道长，买枝花吧。”

道士红着脸低头走了，不敢和她说话。师父倒是和他说，你去买一支。

于是道士买了支牡丹花，拿在手里带到了请他们去捉妖的那户人家。刚好，那户主人家中有个新添置的古董花瓶，就问道士要了这枝花，把它插在花瓶里。

这户人家闹妖怪很久了，井水时不时会变成血水，院子里的花大片大片枯萎。师父过去一看：“原来如此……”

户主连忙问：“您看出了啥？”

师父舀起一捧红色的水：“你看，这水呈鲜红色，带着血腥的味道，加上植物大批死亡……”

“是什么？”

“是环境污染。”

“啊？”

“不是，一定是土里有妖物作祟。”

正说着，这家的小姐出来了，见那花瓶里插着花，十分欣喜，问这花是谁带来的。有人说是道士。

小姐与道士年纪相仿，两人一见对方，心里都十分欢喜。

师徒俩去查探元凶，循着妖气掘地三尺，果然发现了一个蛇妖的窝，看来冬天时，有蛇妖在此冬眠，苏醒后开始作恶。他们将蛇窝里的东西掏出来一看，师父脸色变了，那是蜕下来的蛇皮。

“糟了，徒儿，你看这蛇皮，”师父说，“蛇妖每蜕一层皮，妖力就会增加一成。”

师父仔细端详手中巨大的蛇皮，观其色泽、气味、大小，可以确定它有丰富的药用价值。

如今蛇妖蜕了皮，本体却不知去了哪里。于是师父拿出了他的法器，查探蛇妖的下落。可法器一个劲地乱转，不知为何失灵了。

师徒俩只好先在这户人家住下，等待进一步的调查。一天夜里，小姐传纸条请道士到花园相见。道士心里忐忑，可还是去了。

两人见了面，小姐将他拉到假山后："道长，快同你师父找个借口走吧。"

道长一惊："为何啊？"

小姐掩面而泣："开春后，那蛇妖就将家人一个个都吞吃了，现在，我的家人都是蛇妖的内丹变的。再过不久，我也会被吞吃掉，所以，两位道长快走吧。"

道士摇头："我师父在这里，哪有逃的道理，肯定要收了它。而且就算打不过，不得不逃，也该带着姑娘一起走，哪有我师徒二人抛下你逃命的？"

安抚了小姐，道士决定回卧室告诉师父。路过了那个花瓶，他忽然觉得不对劲。他们来这里好久了，那朵牡丹花一直插着，没有凋零。好奇之下，他抽出牡丹一看，竟在花蕊里见到一颗金丹。

师父知道了来龙去脉，又见到金丹，不禁大惊："我们遇到花神了。"

"师父是说那卖花女？"

"对，花神早已知晓你我今日要逢劫难，故而留下了助力。徒儿，你把这金丹吃下，看看有无反应。"

小道士咬碎金丹，只觉得外面火热，里面冰冷，顿时功力大增。此时，蛇妖也意识到自己穿帮了，前来袭击师徒。师父年迈，也着了它的道。只剩下小道士，与蛇妖打得难解难分。

但他终究年轻，经验不足，节节败退。最后，只好带着小姐逃出府去，躲进一家酒楼中。这时候，道士察觉到金丹的效力快过去了。时值夏秋，酒楼里的冰窖还藏着冰，道士就决定赌一把，揭开油锅，将一粒冰裹着面粉扔下去油炸。

炸出来的产物口感和金丹类似，道士将它吃下去，发现并没有什么用。

眼看两人就要被追来的蛇妖吞掉，酒楼里一个身影从天而降，挥舞两把菜刀，直接将蛇头砍断。这人是酒楼的厨子，他斩妖之后，冷冷看了道士一眼："你也太弱了。"

原来，厨子原是快修成仙骨的散仙，结果因为破了规矩，被逐出山门，从此中隐于市，成了一名厨子。

两人对恩人道了谢。厨子说自己不想暴露身份。于是，道士就对外声称是自己服下金丹，打败了蛇妖。一时之间，天下修道人争相研究金丹的做法，将冰寒之物裹上面粉油炸，再输入自己的真元，确保里面的冰不融化。一代传一代，就成了如今的炸冰激凌。

现在，修道世家都没落了。大家发现做炸冰激凌能养活自己，马路边卖这道小吃的都是修道人，因为灌输了自己的真元，里面的冰激凌才不会融化。

我们走到了阿华的宿舍。他下来开了门，整个人有些憔悴。室友不在，他一个人住，屋子里有些乱，这很反常，我记得，阿华是个很会做家务的人。

他笑得很勉强："不用管我，最近有点忙。小东，你多陪陪她。"

三人聊了一会儿，阿华的导师找他有事，他就先送我们离开了。我又找了个借口，独自回了阿华的宿舍楼。

阿华没有出宿舍，屋子里灯还亮着。我悄悄从窗缝里望进去，阿华坐在桌边，面色苍白。

他看向我这边，灯光穿透他的轮廓，呈现出半透明的诡异。

那一刹那，有什么仿佛在崩散。

我不害怕，只是怔怔落泪。他替我开了门："你看见了？"

"这是怎么了……怎么了……"

"就像你看见的，我不在这个世上了。"他说，"铃铃，我很快就要离开了。"

"我不明白！"

"我舍不得你，"他微笑着摸摸我的头，"车祸之后，我以为自己只是受了重伤，渐渐才发现了异常。"

Question

文 / 扶他柠檬茶

为什么吃瓜子会上瘾？

在姥爷过世后不久，阿华便遭遇了一场车祸。

当他再次苏醒的时候，就躺在自己的家里，一切如常，车祸仿佛只是一场噩梦。但是，他逐渐察觉到了异常。

就像是被温暖的力量支撑着，他继续活了下来，上大学，读研究生，人生平静如常。而阿华也感到，那种温暖正在消散。

也许，是魔法要结束了。

我们坐在宿舍楼下的咖啡店里，因为双眼红肿，我看不清东西。阿华离开了一下，过会儿便回来了——他带了一小包瓜子给我："我记得你爱吃这个。"

他不说话，我也不说话，只嗑瓜子，一颗一颗停不下来。

"阿华，"我问他，"为什么嗑瓜子这事儿特别让人上瘾啊？"

他笑了："因为以前，有个不会魔法的公主。"

有会魔法的公主，有不会魔法的公主，有长得国色天香的公主，也有平平无奇的公主。

有人天生就是公主，有人一辈子都只是普通人。

不会魔法的公主，也生长在一个不会魔法的小国中。这个小国里，有一个仰慕着公主的骑士，和公主不同，骑士可是大有来头的。

骑士来自一个魔法国度，有一次狩猎时，他见到了路过的公主，对她一见钟情。于是，他抛弃了他的魔法世界，来到公主的身边。

但公主有个小毛病，她很挑食。一样东西，吃几口就吃腻了，不会再吃。于是她能吃的东西就越来越少。这样下去，迟早有一天，公主大人会饿死的。

骑士为了保护公主，不断替她找来新的食材。但世上就那么些能吃的东西，公主很快就面临没东西可吃的危险。在这样的绝境中，骑士想起了魔法。

他是有魔法的呀。

“……不好意思，”阿华忽然坐起身，“我……有点累。抱歉……剩下的故事，我以后慢慢和你说。”

我们在咖啡店里告别。我说，我还会在北京住几天的。

圣诞节的夜里，我在人群中穿行时，收到他的短信。

“骑士想用魔法去帮公主。”

“他回到了他的家乡，试图将魔力灌入泥土之中，培育出让人永远吃不腻的美食。就这样，骑士花了许多的时间和心力，终于成功了。

他急急忙忙要把这种食物带回去，可是，骑士的家人拦住了他。他离家多年，早就到了该成婚的年龄了。骑士在老家也算是个富二代，家族有头有脸，一直不结婚怎么行?

家人拦住他，希望他能和另一位贵族女性成婚。骑士拒绝了：‘我对公主发过誓，会成为她的盾，保护她一生一世。’

家族没有办法，便偷偷请来了一位魔法师，给骑士下了消除记忆的魔法。”

“那，骑士就会忘记公主了呀。”我说。

“可是公主也想念骑士。”

“一直陪在身边的骑士远行，公主十分担心，就做了件大胆的事情，她换上便装，溜出皇宫，准备去寻找骑士。

一个在宫里娇生惯养的公主，怎么能适应民间的生活呢？公主很快就落魄不堪。她不知道，其实只要再走一段，自己就会进入骑士家族的城堡了。

另一边，失去了记忆的骑士很困惑，他发现自己曾经花了无数的心力，研究出一款怎么吃都吃不腻的美食。他想知道，自己是为了谁才做了这件事。于是骑士在他的领地发了公文：“有没有人吃东西特别容易觉得腻的？”

公主见到了这份公文，她误会了，以为骑士是因为嫌弃她吃东西挑剔，所以离开了自己。而骑士因为等不到回音，只好自己将那些食物吃了。

但是刚刚吃下去，食物里蕴含的魔力就冲破了法师给他的诅咒。骑士想起了公主，他冲出了城堡，刚好见到一个熟悉的身影准备离开。

就在打算叫住公主时，骑士却站住了。

他肚子有点痛，毕竟那食物放了好多天，变质了。骑士只好就地解决，解决完了再去追人。就这样追一段，停一段，骑士终于找到了公主。”

“骑士找到公主后，公主哭着说，她可以改掉挑食的毛病，只要骑士不离开她。”

阿华说，“为了留在骑士身边，她什么都可以做。”

“就这样，骑士和公主幸福地生活在了一起。骑士从城堡走来的这条路上，沿途开满了一种明黄的花，它的种子十分美味，让人吃了就停不下来。

这就是为什么瓜子吃不腻。”

阿华说，故事说完了。以后，你可以让小东和你说。

“我能来见你吗？”

“不能。铃铃，去找小东吧。”

“我想见你。”

“小东在等你。”

初冬的北京，我蹲在路边，哭得双手发抖。一种巨大而冰冷的恐惧袭来，我隐约预感到了某种不祥。

“我说过，我谁都不选。我不要我们变成《边城》里的人物，我不要当翠翠。”眼泪落在屏幕上，让一切模糊不清，“我想大家永远在一起。”

“我们不会是《边城》里的人物的，小东会永远等你，他不会走。”

“我们都不会走！你不要走！”

我疯狂地往宿舍的方向跑，我为什么要离开那里？我为什么要走出咖啡厅？我应该拉住他，抱住他，就像小时候一样，告诉他没事的，姥爷不在了，我和小东会一直陪伴他——

“铃铃，我不要你受委屈，我说过的。”他说，“铃铃，我真的太累了。”

“铃铃，对不起。”

“我没有魔法。对不起。”

我回到了阿华的宿舍。灯光暗了，他已经不在了。

走廊里的人听见了我的哭喊声，都向这里投来惊愕的目光。“这里没有人住啊。”他们说。

写着阿华名字的房间号消失了。他留存在这个世上的痕迹飞速消逝，没人记得他们有一个叫阿华的同学。

一只温暖的手将我拉住，轻轻安抚我。是不知何时来到这里的小东。

“小东，阿华他……”

“我知道。”小东点头，“魔法消失了。”

“你知道？你是什么时候知道的？！”

“——我一直都知道。”

他抱住我，叹了一口气。下一刻，微风拂过耳畔。我们走到了楼下的马路边。

“因为，是我用魔法让阿华留下的。”他说，“我那时没有想很多，只是不想失去这个朋友，不想你难过……”

小东记得，读小学的时候，有天他放学回家，被一个女孩子从背后叫住，问他是不是魔法家族的传人。

那时他惊呆了，内心有一刹那的慌乱，他以为身份暴露了，但又觉得轻松，既然被看穿了，那么，他们反而可以成为彼此的好朋友了。

他不在乎这只是我和阿华的一个玩笑。

魔法是无法让人死而复生的。那之后，阿华的存在只是一个巨大的谎言，维持谎言的魔法消失后，与他有关的一切灰飞烟灭。可是，我没有忘记他。

因为小东在用魔法保护我。我们也许是这世上最后两个还记得阿华的人。

从此，这个故事里的阿华，就是我们对他最后的回忆。

那天晚上，我们俩都梦见了小时候的阿华，他戴着副厚厚的眼镜，呆呆地笑，正拿起一层瓜子上的薄膜，对着太阳看。他问：“铃铃，你知道瓜子上面为什么有一层薄膜吗？”

完

图书在版编目（CIP）数据

为什么外星人不与地球人来往 / 好奇实验室 著 .
—武汉：长江出版社，2019.7
ISBN 978-7-5492-6628-9
Ⅰ. ①为… Ⅱ. ①好… Ⅲ. ①短篇小说 – 小说集 – 中
国 – 当代 Ⅳ. ① I247.7
中国版本图书馆 CIP 数据核字（2019）第 165761 号

为什么外星人不与地球人来往 / 好奇实验室 著

出　　版	长江出版社 （武汉市解放大道1863号　邮政编码：430010）		
选题策划	漫娱　刘清芸　胡丽云		
市场发行	长江出版社发行部		
网　　址	http://www.cjpress.com.cn		
责任编辑	陈　辉　罗紫晨		
特约编辑	陈雪琰		
总 编 辑	熊　嵩		
执行总编	罗晓琴	**开　　本**	710mm×1120mm　1／16
装帧设计	吴穆奕　吴　琪	**印　　张**	14.25
印　　刷	恒美印务（广州）有限公司	**字　　数**	256千字
版　　次	2019年9月第1版	**书　　号**	ISBN 978-7-5492-6628-9
印　　次	2019年9月第1次印刷	**定　　价**	32.00元

电话：027-82926557(总编室)　027-82926806（市场营销部）